前世悪役だった令嬢が、
引き籠りの調教を任されました
田井ノエル
Illustration 時瀬こん

ルイーゼ
ユーグ
シエル

カゾーラン
アンリ三世
エミール
ジャン

クロード&ドロテ

前世悪役だった令嬢が、引き籠りの調教を任されました

田井ノエル
Illustration　時瀬こん

新紀元社

Contents

はじまり　引き籠り、出会う！

1

シャリエ公爵家の令嬢ルイーゼは、絵に描いたような貴婦人候補だった。

いや、すでに貴婦人と呼んでも差し支えない。

この令嬢を娶《めと》りたいという貴公子はあとを絶たなかった。

陶器のように白く、丸みを帯びた顔は少女の域を出ない。

気丈に引き結ばれた唇は薔薇の花びらのように可憐。はちみつ色の髪は結わずとも豪奢《ごうしゃ》な輝きをたたえており、蒼い海色の瞳からは思慮深さがうかがえる。

ルイーゼは齢《よわい》十五にして社交界を彩る華であった。

しかし、そんな令嬢には秘密があることを、誰も知らない――。


「お嬢さま、こちらへどうぞ」

「ありがとうございます、ジャン」

執事のジャンに導かれて、ルイーゼは馬車をゆっくりと降りる。

立派な白亜の建造物を見あげたが、すぐに蒼い目を細めてしまう。太陽の光がまぶしかったのだ。

ここは王宮。

今日は国王からの招きによって、馳せ参じるに至った。

「しかし……まさか、お嬢さまが殿下の教育係とは」

ルイーゼは羽根つきの扇子を広げて口元を隠した。

「わたくしなどに務まるでしょうか」

不安を目線で表現しながら、ルイーゼは静かに目を伏せた。

王宮の入り口を潜《くぐ》ると、広いエントランスになっている。ここで、来訪者は案内されるまで待たされるのだ。待合室のようなものである。

エントランスには、すでに先客が数人いた。そして、いつものように噂話に興じている。

「来ましたわよ、あれが殿下の新しい教育係ですって」

「……シャリエ家は名家だけれど、まだご令嬢は若くていらっしゃるじゃない」

「もう適当な人物がいなかったのでしょうよ」

「おかわいそうに。引き籠り姫《エミール殿下》にも困ったものですわよね。もう十人も、おやめになったんですって？」

煌《きら》びやかなドレスに身を包んだ女性たちが、ひそひそと笑っていた。

彼女たちにとって、社交と世間話は、なによりも楽しい娯楽なのだ。

「ラメール夫人なんて、一週間で音《ね》をあげて、いまでも寝込んでいらっしゃるそうですよ」

「アランブル公爵夫人も、殿下の教育係をおやめになってから、すっかり抜け殻のようで……十年分は老けましたわ」

「アントワープ伯爵夫人も、あんなに張り切っていらしたのに……」

彼女たちは口では「不憫《ふびん》ですわねぇ」と言いながらも、嬉々として噂話を弾ませている。そして、視線をエントランスの隅に立つルイーゼに向けていた。

王侯貴族のマナー教育は熟練した貴婦人によって施される。優秀な貴婦人を雇い、自分の子供に最高の教育をするのが、ここフランセール王国の慣例だ。

王族の教育係ともなれば、名誉ある大役である。注目の的となるのは当然だ。

だが、この場合は違っていた。

教育係に抜擢された、王国中の優秀な貴婦人たちの心を折っている『引き籠り姫』の犠牲者に、誰もが興味を示しているのだ。次は何ヶ月でやめるのか、手持ちの金品を賭けている者もいる。

「お嬢さま、大丈夫ですか?」

ジャンが気遣ってルイーゼに声をかけた。

ルイーゼは顔をあげる。

十五の令嬢が発するものとは思えない空気が漂っていた。

蒼い海色の視線は明らかな冷気を帯び、鋭利な刃物のように対象たちに突き刺さる。口元はわずかに微笑していたが、まるで、屍《しかばね》を踏みつける悪鬼のごとく不気味な弧が描かれていた。背後から地鳴りのような音が聞こえてきそうな圧《あつ》がある。

ただならぬ気配を感じとり、貴婦人たちが徐々に口数を減らしていく。

「お嬢さま……殺気が出ておりますよ」

「な、なんのことかしら。ジャンったら、もうっ」

ジャンの指摘に、ルイーゼは我に返り、軽く咳払いする。

花のように、可憐に。自分で自分に、キャピッという効果音を頭の中でつけながら。

「わたくしに殿下の教育係が務まるか、不安で不安で……つい怖い表情をしてしまいましたわ。いやですわ～、ジャン。それを殺気だなんて、こわ～い。身に覚えがございません」

「無駄に猫を被っているようにも聞こえますが、よろしゅうございます」

「気のせいですわ」

ルイーゼはニッコリと、ジャンの言葉を否定してみせる。

もちろん、有無を言わさぬ視線を向けるのを忘れない。睨まれて、ジャンが少し顔を赤くした気がするが、スルーである。

令嬢ルイーゼには、周囲に隠している過去がある。

いや、過去と呼ぶには語弊《ごへい》がある。

いわゆる、前世の話だ。

ルイーゼは前世の記憶を持ったまま転生し続けている。

その数、なんと七人分。

一番目の人生は「日本」という国に住む、女子高校生だった。

剣道の全国大会を制覇したスポーツ少女だったが、同時に、いじめっ子。特定のクラスメイトに目をつけては、見るも無残な蛮行をくり返していた。

最期は呆気《あっけ》なく、自分がいじめた少女にナイフで刺されて死んだ。

二番目の人生も日本人女性に生まれた。

キャバクラで働いており、数々の男を手玉にとる小悪魔。美貌ひとつで男を従わせ、金品を巻きあげた。前世の教訓を活かして、いじめなどしていない。ちょっと大人しそうな男の財布を搾りとっただけである。

それなのに、勘違いしたストーカー男に、うしろから刺されて死んだ。

三番目の人生は女詐欺師だった。

詳しい経緯は省くが、騙した相手に刺されて死んだ。

四番目は極道の女となり、ヤクザの抗争の最中に刺されて死んだ。

五番目は日本とは別の世界。

異世界に転生した。しかも、初の男性への転生だ。テンションが大いにあがって、詐欺師&極道前世時代に培《つちか》った高利貸しのノウハウを使ってのしあがってみせた。いわゆる、知識チートである。

易々と死なないように身体も鍛えた。

まあ、金を貸した相手に泥酔させられ、刺されて死んだのだが。

六番目は海賊として育てられた。

略奪の限りを尽くして、『伝説の大海賊』と言われるまでになった。しかし、信じていた仲間に裏切られ、刺されて死んでしまった。

七番目の人生はフランセール王国の騎士である。

今度こそは真面目に生きようと決意した。さすがに、刺されて死ぬバッドエンドで六連続幕切れしたのは、自分の生き方に問題があると気がついたのだ。ものすごく遅い気はするが、とにかく、改心した。

とりあえず、騎士として勇猛果敢に戦場を駆けた。武勲をあげ、『王国最強の騎士』として名を馳せた。

だが、なにを血迷ったか王族を裏切った逆賊となり殺された。

変わったことと言えば、普通に刺されて死んだのではなく、槍で串刺しにされて死んだという点だろうか。

まったく嬉しくない。むしろ、悪化している。

ルイーゼはそんな七回分の前世の記憶を持っている。それも、呆気ない死を遂げた悪党の記憶ばかり。

刺されて死ぬ以外のハッピーエンドを迎えたかった。もちろん、他の死に方もごめんである。

今世こそは……この人生こそは、無難にまっとうしてみせる。

その未来を勝ち取るために、ルイーゼは前世から受け継いできた悪党の本性を、見せてはいけないのだ。

品行方正、聡明で美しい令嬢。

それが、今世ルイーゼ・ジャンヌ・ド・シャリエ公爵令嬢のあるべき姿だ。そうなるように、この十五年間、自分を磨いてきた。

「お嬢さま、目がすわっておりますよ」

「あら、やだぁ。ジャンったら、少し考えごとをしていただけです。それなのに、まるでわたくしが怖いみたいな言い方……ひどいですぅ」

　そっと耳打ちしてきたジャンの背中を力いっぱい叩きながら、ルイーゼは満面の照れ笑いで誤魔化した。

　ジャンは「ごぉぅふっ」と、苦しそうな声をあげて白目を剥《む》き、「よろしゅうございます、お嬢さま！」とか言っている。

　今世こそは、平凡で穏便な普通のハッピーエンドを迎えたいというのに……。

　どうして、このような面倒な役回りを任されたのだろう。

　ルイーゼは憂鬱な溜め息をついた。


　窓を開けるときは、慎重に、ゆっくりと。

　なにが起こってもいいように、万全の備えをしないと。

　もしかすると、悪戯《いたずら》な妖精たちが足元を走るかもしれないし、壁から闇の植物が生えて襲ってくるかもしれない。

　ひょっとしたら、暴れ牛の群れが乗り込んでくるかもしれない。窓の外で待ち伏せていた竜が火を噴く可能性だってある。

　夜な夜な首を狩っては生き血を啜《すす》る『首狩り騎士』の亡霊が襲ってきてもおかしくはない！

　日光にも気をつけないと。聞いたところによると、長い間、陽に当たると、肌が黒く焼け焦げてしまうらしい。

とにかく、なにがあっても大丈夫なように、万全の対策が必要なのだ。

外は恐ろしい。

なぜ、みんな平気で出歩けるのだろう。

そう思いながら、薄暗い部屋の主——エミールは、ほんのちょっぴり窓枠を押した。

太陽のまぶしさを我慢しながら、恐る恐る、窓の外を覗き見る。

わずかに流れ込んだ清涼な風が、エミールの野暮ったいブルネットの髪を揺らして通りすぎていく。

白い肌を、一筋の光が照らした。

サファイアのような瞳で、外の景色をとらえる。

見慣れた王宮の景色。ときどき覗き見るに留まっている景色。

庭の向こうには門と、王都が見える。

不意に、蹄《ひづめ》の音がして、エミールは視線を落とした。

「あ……」

馬車が止まり、誰かがちょうど降りるところだった。そして、ふとエミールの部屋を見あげている。

おそらく、偶然だ。

だが、エミールには、その偶然が恐ろしく感じられて、とっさに窓をバタバタッと閉めてしまった。

あわただしくベッドに逃げ込む。

引き籠り姫。

みんな、エミールのことを、こう呼んでいる。

極度の人見知りと、外界恐怖症のせいか、エミールはほとんど自室から出ず、人前にも姿を現さない。

外が怖い。ただそれだけ。

幼いころ、目にした光景が頭から離れないのだ。

ほんの少しの気まぐれで外を覗いても、人と目があっただけで逃げてしまう臆病な自分。そんな自分が嫌いだが、変えられない。

エミールは、先ほど目があった人物を思い出し、顔を枕に沈める。

どこかの令嬢だと思う。

深い海のように蒼い瞳が印象的であった。まるで、光を受けて揺れる波間のようだ。かなり落ち着いており、王宮を前にしても、少しも臆する様子はなかった。

思わず、溜め息が出た。

陰鬱で引き籠りのエミールとは正反対である。

できればこうあってほしいと、周囲がエミールに望む姿だ。エミールよりも幼そうに見えたのに、あの令嬢はとても立派だった。

「あんな風に……」

もしも、あんな風になれたら、『引き籠り姫』とは言われなくなるだろうか？

ほんの一瞬だけ、頭をよぎった願望。

しかし、それは無理だ。

ずっとずっと、無理だったじゃないか。

まぶしすぎる陽射しを背に立ち、笑っていた『悪魔』の姿が、いまでも目に浮かぶ。

「せめて、みんな王子って呼んでくれないかなぁ……」

高望みせず、本当に小さな願望を口にしながら、引き籠り姫——エミール・アルフォンス・ド・フランセール王子は両目を閉じた。

❀　❀　❀

「お嬢さま」

「な、なぁに？　ジャン。また怖い顔をしているとでも、言いたいのかしら？」

ルイーゼは甘ったるい声を出しながら、頬を両手で覆ってみせた。瞳もうるうるのキャピキャピだ。

二番目の前世で培ったブリッ子術である。

男に転生している間は使う機会がなかったが、今世は美貌を持って生まれて、本当によかった。

うっかり粗相をしても、たいてい、これで誤魔化せるのだ。

「いえ……不安そうにされていると思ったのですが、案外、普通でしたので。よろしゅうございます」

「普通の顔まで指摘しなくて、よろしくてよ」

「はい。ですが……エミール殿下はかなりのくせ者とうかがっております。もしも」

ジャンは改まって、自分の胸に手を当てた。とても堂々として、頼もしい動作だ。

「もしも、鬱憤がたまるようでしたら、このジャンをお使いください」

「は、はあ……」

意味がわからない。

「お嬢さまが、部屋で人形をお殴りになっているのを、このジャンはよく存じておりま――」

「ジャンったら、なにを言っているのかしらぁ！　お人形を？　殴る？　わたくしが？　そんな野蛮な行為、したことがありませんわぁ。まあ、こわ～い」

見られていましたのね！

七番目の前世、騎士であったころの習慣で、ストレスがたまると、物に当たってしまうのだ。当時は憂さ晴らしに戦地で好きなだけ生首を狩りまくっていたのだが……今世では、できない。代わりに、人形を殴って発散しているのだ。とても健全で平和的な解決方法だと自負している。

「それにしても、なぜ、わたくしが……」

どうして、ルイーゼが『引き籠り姫』ことエミール王子の教育係になったのだろう。自分でも、よくわからなかった。

たしかに、ルイーゼは品行方正な令嬢として知られている。そうなるように、完璧に立ち振る舞っているからだ。

だが、まだ十五歳で、結婚もしていない。社交界で目立ちはじめたのも、ごく最近である。

対するエミール王子は十九歳で、年上でもあるのだ。

どう考えても、相応《ふさわ》しいとは思えなかった。

聞くところによると、国王アンリ三世が直々《じきじき》にルイーゼを見初めて、息子の教育係に抜擢したらしい。その理由は不明だ。

先ほど謁見《えっけん》した国王は「大丈夫だ、きっとエミールも気に入るだろうよ」とかなんとか言っていたが、どうだか。

これまでに、十人もの貴婦人がさじを投げた王子の相手など、できる気がしない。もう適任者がいなくなって、国王も自棄《やけ》になっているのだろう。

とりあえず、ほかの貴婦人たちにならって、ルイーゼも適当な頃合いで役目を降りよう。

そんな決意で王宮まで来た。

それに――できれば、もう王族とはかかわりたくない。

こうして、王宮にいるだけでも、古傷をえぐられるのだ。

エントランスには、目立つように、国王夫妻の肖像画が飾られている。

ここにいると、ルイーゼの中で蓄積される前世の記憶という引き出しが開くのだ。

普通に生活していて、前世の細かい記憶を思い出す機会は少ない。

思想に絡んでいたり、叩きこむようにくり返した学習や鍛錬の内容はよく覚えているが、そのほかは日常に大きくかかわらない。

前世の記憶は映画を眺めるようなものだ。

他人の人生を傍観者として再生している。

人格や生き方もそれぞれ違う人間だ。

だが、やはりきっかけがあると、細部まで思い出す。残念なことに、それは、いまのルイーゼにとって、まったく喜ばしくない。


——わたくしは、あなたの手と剣を愛していますよ。


ここでは喜ばしくない記憶ばかり、よみがえるのだ。

エントランスから、外のバルコニーへ続く扉が見える。ルイーゼは、宴の際はこの場所が会場になることを思い出した。

そこで前世の自分がどう過ごしていたかも。

こういうことを思い出してしまうのは、よくない。とても、よくないのだ。

そんなことを、悶々と考えながら、案内人を待っていた。


「こちらが、エミール殿下のお部屋でございます」

「ありがとうございます」

案内された部屋の前に立ち、ルイーゼは深呼吸した。ジャンは、部屋の外に待たせる。

まずは、あいさつ。基本である。

「失礼いたします、殿下。今日からお仕えする、ルイーゼ・ジャンヌ・ド・シャリエと申します」

軽くノックをして、扉の向こうの反応をうかがう。

王宮の者の話では、勝手に開けるとエミール王子は怯えて、部屋の隅に隠れてしまうらしい。

軟弱者のクズである。

おっと、口を滑らせては困る思考はしないほうがいいですわ。うっかり漏れたら、大変。と、ルイーゼは頭をブンブン横にふった。

「……………殿下、いらっしゃいますか？」

いつまで経っても返事がないので、ルイーゼは痺れを切らしてもう一度、声をかける。

「……………」

返事がない。ただの屍のようだ。

しかし、やがて、ドアノブがカチャリと回る。が、ほどなくして、ノブは回転をやめてしまった。

いや、違う。

ガチャガチャと、小刻みに震えて回しては戻し、戻しては回しをくり返しているのだ。つられるように、扉もガタガタと揺れている。

ポルターガイストですか。夜中に見たら、ホラーですわね。

ルイーゼは少し冷めた気持ちで、その現象を見守った。

しばらくすると、扉がゆっくり、ゆーっくりと開く。

薄暗い部屋から現れたのは、柔らかそうなブルネットの髪に、白くて不健康そうな顔だ。前髪が長くて面《おも》立《だ》ちは、よく見えないが、先ほど謁見した国王の特徴を受け継ぐ人物だということがわかる。

部屋の主――エミールは怯えた猫のようにルイーゼを凝視していた。

動物をいじめている気分になる。まだなにもしていないのに。

「今日から殿下のお相手をさせていただきます、ルイーゼと申します」

野良猫に餌をやるように、ルイーゼはできるだけ優しく語りかけてみる。

だが。

エミールは怯えた表情で、白い頬に大粒の涙をボロリとこぼしはじめてしまった。

「え。で、殿下？」

ルイーゼには、なにが起こったのかわからない。

念のために、扉の横でひかえるジャンを見るが、「大丈夫です、穏やかな顔です。よろしゅうございますよ、お嬢さま」と小声で言ってくれた。別に、ルイーゼから殺気が漏れていたわけではないらしい。よかった。

「……きれい……」

「え？」

一言つぶやいて、エミールは扉を閉めようとする。

ルイーゼは反射的に、それを阻止した。

「殿下、どうかしましたか！」

「い、や、イヤ。無理ムリむり！　こんな、キラキラした人が目の前にいたら、溶けちゃうよ！　ま、まぶしいから……近づかないで……や、やめ、ややややめて！」

「はあっ⁉」

いきなり、猛烈な勢いで拒絶されて、ルイーゼは混乱する。とりあえず、意味不明な言いがかりをつけられていることだけは、わかった。

「エミール殿下、どうされたのですか。落ち着いてくださいませ！」

「きゃあっ、来ないで！」

きゃあっ？

あれれ～おかしいぞ～？　エミール殿下ってぇ、男性だった、はずぅ。たしかに、王子様の……

はず。はーずーでーすーわーよーねー？

ルイーゼは、そんな基本情報を頭の中で再確認していた。

部屋の奥へ逃げるエミールを追って、ルイーゼも駆け込んだ。

「で、殿下、お待ちくだ――うっ……なん、ですの？」

部屋に踏み込むと、足の裏にグニュッと柔らかい感触があった。

ルイーゼは嫌な予感がしつつも、恐る恐る足元を見る。

「ああっ！　魔除けの結界が……！」

エミールがあせったように叫んだ。

「で、殿下……これは？」

「魔除けの結界を作っている途中だったんだよ。せっかく仕入れたヤギの……」

「や、ヤギの肝《きも》ですか⁉」

「それは気持ち悪いから、チーズで代用したんだ……」

「………は？」

なんだ、チーズか。

さらに一歩進むと、今度はなにかを蹴飛ばしてしまった。

「ブドウジュースが！」

「聖血の代用なら、ブドウ酒ではないのですか！」

「お酒は苦手だから……」

「あのぉ、なんだかんだで、ご自分が食べられるものを選んでいませんか？」

「だって、美味《おい》しいし……」

「………」

ルイーゼは項垂《うなだ》れる。

ああ、まずい。今世では大人しくしていたいのに。

エミールとのやりとりに、虫唾《むしず》が走って身体がウズウズしてきた。とりあえず、ストレス発散したい。ルイーゼは揺らぎはじめるハッピーエンドへの決意を手放さないように、必死で耐えるしかなかった。

そのあとも、薄暗い部屋を進むたびに、目玉焼きだとか、いちごだとか、どうして床に置いてあるのかわからない食品の名前が飛び交った。

いったい、この部屋はどうなっているのかしら。

「と、とりあえず……窓を開けましょう！」

ルイーゼは笑顔を繕《つくろ》いながら、窓へと進んだ。もうなにを踏んでも突き進む所存である。

しかし、エミールは夢中で首を横にふっている。

「だ、ダメ……！　窓はダメ！　まぶしいから、無理！」

「でも、お片づけができませんし」

「やめて！　そんなの必要ない！」

仕舞《しま》いに、エミールはルイーゼのドレスをつかんで泣き崩れてしまった。

さて、どうすればいいのでしょう。

はっきり言ってしまえば、この王子、とても面倒くさい。

ルイーゼは笑顔を絶やさぬよう努めたが、いつまでも続く自信はなかった。

「殿下、せめて床の食材を片づけませんか？」

「……ぼ、僕のことは放っておいてよ」

エミールは部屋の隅で背中を丸めて座り込む。

六番目の前世である海賊時代には、よく見た光景である。陸地の町や村を襲撃すると、女子供は、こんな風にして海賊から身を隠していた。

「困りましたわね」

ルイーゼは、この状況を打開する方法を考えた。

一、構わず一発お見舞いする……いやいや、それはダメですわ。相手は王族ですもの。ルイーゼは自らを律する。

二、もういっそ投げて帰る……いくらなんでも、一日で投げたら最短記録を作ってしまいますわ。骨のない女だと、社交界で罵られるのは少々癪なので、却下した。

三……と、考えていたところに、開けっ放しにしておいた扉からの視線に気がつく。

ジャンがここぞとばかりに身を乗り出し、構えていた。手には、なぜか馬用の短い鞭《むち》が握られている。

「よろしゅうございますよ、お嬢さま」

　なにが？　よろしゅう？　ございます？

　いやいやいや、さすがに意図がわかりませんから！　え？　なに？　その鞭で殿下を打てと？スパルタ教育をしろと？

　ルイーゼは拒絶の意を瞳に込める。一方のジャンは心得ているとでも言いたげに、キリッとした表情を浮かべた。

「いいえ、意味がわかりませんから！」

　ルイーゼがきっぱりと口に出すと、ジャンは寂しげに目を伏せてしまった。そして、期待はずれと言わんばかりに、鞭を下げる。彼は、いったいなにをさせたかったのか。

「殿下」

　挙動が意味不明な執事を放置して、ルイーゼは再びエミールに向き直る。エミールは怯えてうずくまったまま、ルイーゼを見ようともしない。

　頑なすぎて、たしかに、多くの貴婦人があきらめた気持ちがわかる。大いにわかる。

　だが、ルイーゼは国王から彼の教育係を任されているのだ。まっとうな今世ライフを送るためには、ある程度、王命に従う義務がある。ものすごく不本意だが。

　そう。悪党やら悪役やらの人生を歩むわけにはいかない。ちょっとした綻びが原因で国家反逆罪エンドになるかもしれないのだ。その可能性はわずかだが、否定はできない……と、思う。

　今回のクエストを落とすと、また刺されて死ぬバッドエンドが待っている気がする。そんな気—

がーしーまーすー！

ルイーゼは無理やり思考を結びつけて、自分に言い聞かせる。一種の暗示だ。

ハッピーエンドのためなら、なんだってすると今世では決めている。

深呼吸した。

まず、信頼関係を築くために、距離を縮めなければならない。相手を安心させれば、たいていの無理は通るのだ。詐欺師だったころの前世で、よく使った手口である。

「どうして、そんなに怖がっていらっしゃるのですか？」

子供に語りかけているつもりで、ルイーゼは穏やかに問う。

ちなみに、確認するまでもないが、ルイーゼは十五歳、エミールは十九歳。彼は四つも年上の男性である。

「外は……怖いから」

エミールはボソボソと泣きそうな声だった。

「恐ろしいと思う理由があるのでしょう？　まずは、それを取り除く努力をいたしましょう。協力しますわ」

「……あるけど……あるんだけど……」

エミールはあいまいに濁してしまった。エミールはおずおずと顔をあげ、ようやくルイーゼを見た。

サファイアのような瞳に涙がたまっている。

その瞳の色には――覚えがあった。不意に遠い記憶と重なる。

それは今世、いや、前世。

そういえば、こんなこともありましたわね。

「…………」

面倒くさい。

これが、いわゆるトラウマに触れてしまった状態ですか。


——冷たいのですね。少しは、わたくしのワガママも聞いてくださらない？


ルイーゼはその記憶が誰のものだったのか思い出し、憂鬱を溜め息に乗せた。これは、しばらく意識していなかった、いや、意識する必要がなかった記憶だ。

「こんなタイミングで思い出してしまったら、捨て置けなくなるではありませんか……」

ルイーゼは誰にも聞こえないようにつぶやき、何度目かわからない溜め息をつく。溜め息とともに幸せは逃げると言うが、たぶん、当たっている。

これだから、この国の王族にはかかわりたくなかったのだ。いっそ、平民にでも生まれていればよかった。

「なにか、言った？」

「いいえ、独り言にございます」

ルイーゼは自嘲気味に誤魔化した。そして、胸の内で決意を固める。

「殿下、もうそろそろ面倒くさいので……うかがっても、よろしいでしょうか？」

「な、なに？」

ルイーゼは静かに問う。部屋の温度が三度ほど下がった気がするが、スルーだ、スルー。エミールが怯えていても、それは通常運転である。この王子は、ずっとこうなのだから。

「殿下は、一生ここに引き籠っていたいのでしょうか？」

「え？」

エミールが目を見開く。

その表情は驚きに染まっており、いままで、考えたこともないといった様子である。

「ですから、殿下。外に出たいというお気持ちはありますか？　ありませんか？　ないのでしたら、いくらわたくしが尽力しても、無駄でございます。適当な理由をつけて、教育係を辞任いたします」

「え、え……その、僕は……」

「もしも、部屋の外に出て、王子様としての相応しい人生をお望みなら……わたくしは一流の殿方となれるよう、教育いたしましょう」

ジャンが心配そうにふたりを見つめている。

ルイーゼは自分の目つきが悪くなっているのを感じた。

エミールが息を呑んでいる。

「あ、あの」

震える唇。

エミールが次に言う言葉を、ルイーゼは静かに待った。

「僕は……出たくないわけでは、ないんだけど……うん、外には、出てみたい……でも、外は怖くて――」

「外に出るおつもりは、あるのですね？」

エミールの言葉を拾って、ルイーゼは笑顔を作った。

「わかりましたわ」

ルイーゼは素早く身を翻《ひるがえ》した。

そして、日光を遮る分厚いカーテンへと手を伸ばす。

「え、ちょ、な、なにを⁉」

ルイーゼは、カーテンを思いっきり引く。

明るい陽射しに照らされた部屋の隅で、エミールは口をあんぐりと開けていた。恐怖よりも驚愕という感情が勝っているようだ。

「ま、まぶしい！」

エミールはビクビクと肩を震わせながら、頭を抱えて丸まってしまう。

そのかたわらに歩み寄り、ルイーゼは高らかに宣言した。

「改めて、自己紹介させていただきますね。わたくし、ルイーゼ・ジャンヌ・ド・シャリエと申します。今日から、殿下の教育係をさせてもらいますわ」

無駄に明るく、ハキハキした口調で言い放つ。

「お約束しましょう。殿下を誰もが認める王子様にしてみせますわ。ですから、多少手荒な真似をしても、お許しくださいね。見放してあげたりなどしませんので、ご覚悟を」

手を差し伸べながら、ルイーゼは思った。

ああ、面倒くさい。

今世こそは、平凡に過ごしたかったのに。

適当な家に嫁いで、ほどほどにいい生活を送って、ほどほどに美貌を保って、ほどほどに幸せだったと言いながらハッピーエンドで締めくくりたい。

そう思っていたのに――。

仕方がありません。

なんとしてでも、このクソ王子の根性を叩き直して、調教して差しあげるしかないでしょう。せいぜい、刺されて死なない程度にがんばることにしますわ。

こうして、引き籠り姫と新しい教育係が出会ったのである。

その1　引き籠り、部屋を出る！

1

彼女の名前は、ルイーゼ。

シャリエ公爵の令嬢である。突然、エミールの教育係に任命された女の子だ。

「では、殿下。いま、わたくしが言ったことを、もう一度声に出してくり返してください」

ルイーゼを見あげて、エミールは息を呑んだ。

笑顔がわざとらしい。

父の命令とはいえ、いきなりエミールの聖域《自室》に押し入って、丹精込めて作った魔除けの結界をめちゃくちゃにされてしまった。

おまけに、翌日からはカーテンと窓を全開にして、問答無用で部屋の大掃除をはじめる始末。そういうのは、教育係の仕事ではないはずだ。彼女は「掃除は嫌いですが、苦手ではないのでお気になさらず」などと言っていた。

変な令嬢。

こんな教育係、初めてだ。

「い、いやだよ……できない……無理！」

「殿下、もうお忘れになったのですか？　いまは復唱するだけで結構ですから」

「忘れたわけじゃないけど……」

「では、どうぞ」

ルイーゼは有無を言わせぬ圧を放っていた。

怖い。

ニコニコと笑っているように見えても、ルイーゼはただならぬ威圧感を放っている。王宮の兵士たちよりも凄味があるのだ。直接見たのは数回だけだが、王族の守護騎士【天馬の剣】カゾーラン伯爵にも匹敵するのではないだろうか。

「殿下。口にするだけで、いいのです」

再度、ルイーゼはうながした。

辛うじて、窓とカーテンを閉めるのには成功したので、部屋はいつも通りの薄暗さを保っている。だが、ルイーゼのせいで居心地は悪い。

薄い闇にあっても、ルイーゼの蒼い瞳は波みたいに揺れる瞬間がある。神秘的で魅入ってしまう。明るいところで光るはちみつ色の髪も、花びらのような唇も、なにもかもが可憐だ。

絵画の題材にでも選ばれそうな容姿だった。

本当に美しい少女。

ときどき、鋭い眼光で部屋の温度が下がっている気がする。歴戦の戦士を思わせる氷の視線はたしかに恐ろしい。そのあとに、猫を被って甘ったるい口調になるのも、不自然すぎて不気味だ。怖すぎる。

いや、それ以上に、彼女のまとう雰囲気がエミールは苦手だった。

上品でしなやか。優美な身のこなし。聡明そうな顔立ちや、堂々と振る舞う気品。ルイーゼの令嬢としての所作や態度がエミールの心に空いた穴をえぐった。

ルイーゼは、似ている――エミールの母親、フランセールの王妃であった女性に、とても似た雰囲気を持った少女なのだ。

そのことが、エミールにとっては一番恐ろしかった。

「わかりました、殿下。でしたら、窓を開けましょう。今日は天気がいいのですよ」

ルイーゼはエミールに見せつけるよう、ゆっくりと窓へと歩んでいく。

エミールは反射的に立ちあがった。

「ちょ、ひ、卑怯だよッ。せっかく、閉めたのに！」

「殿下がもったいぶっているからですよ。早くしないと、窓を開けてしまいますよ？　よろしいのですか？」

カーテンの隙間からチラリと射し込む日光の明るさに、エミールは冷や汗を流した。額を珠《たま》のような滴《しずく》が伝う。

このために、一度、窓を閉めてくれたのだと悟った。

「あ、悪魔……！　いま窓なんて開けたら、焦げる……！」

「……何度も言っておりますけれど、陽射しに当たっても焦げたり燃えたりしませんから。そんなデマ、誰から教わったのですか。昨日、お掃除している最中も平気だったでしょう？」

「嘘つき！　だ、だって、陽に当たって黒く焼けたって、ラメール夫人が……」

「それね、ただの日焼けですってば。ほら、もうカーテンを開けますよ？」

「ひッ、ひぃっ！」

ルイーゼは笑顔の脅しをかけていた。

エミールは隠れられる場所を探す。しかし、儀式用のテーブルも、避難用の大樽も、魔除けの石像も、すべてルイーゼによって撤去されており、部屋の中に日光を遮れそうな場所が存在しない。ベッドの下にも、目張りがしてあった。

ルイーゼがカーテンを開けるのが先か、エミールが策を思いつくのが先か——そんなものは明白だった。

「おーっほっほっほっほ！」

ルイーゼの勝ち誇った高笑いで、エミールは敗北を確信する。彼女は、まるで獲物を追い詰めた猛禽類《もうきん》だ。

だいたい、良家の令嬢がどうしてあんなに掃除することができたのだろう。

エミールが震えている間に、物品の撤去も床の掃除も壁紙の張り替えも、すべてルイーゼがこなしてしまった。執事が手伝っていたが、普通の令嬢の所業ではない。それとも、これが外の世界では当たり前なのだろうか。やはり、外は怖い。

「うッ……く……え、ええええええいっ！」

エミールは悪あがきに、枕をふりあげた。

羽毛の枕はポーンと弧を描いて宙を舞い、ルイーゼの顔に飛んでいく。

こんな風に物を投げると、たいていの教育係はエミールを怖がった。

「この程度の反抗？　ハッ！　笑わせてくれますわ！」

だが、えらく覇気のある声とともに、枕は叩き落とされてしまう。あたり一面に純白の羽根が舞いあがった。

「殿下、反抗期のストレスを発散させたいのでしたら、正々堂々と決闘を申し込んでくださいませ。わたくし、ここ十五年ほど、まったく鍛えておりませんが、さすがに殿下程度には負ける気はいたしませんので」

邪悪な笑みをたたえて、ルイーゼは穏やかな口調で述べた。

堂々と決闘を申し込めと言い放つ令嬢がどこにいるというのか。いや、ここにいる。エミールは抵抗する気力すらなくなってしまう。

エミールは絶望し、俯《うつむ》いた。

自分は弱い。

この悪魔の脅迫に従うしか、助かる道はないのだ。

「…………その一、部屋の外に出ても危険はありません」

やっとのことで第一条を読みあげる。

これだけでも、口が震えて、もう声が出そうになかった。それなのに、目の前の悪魔は、「その二は？」などと催促している。

威圧感満載の笑みも忘れていない。

この子は本当に年下なのか、はなはだ疑問であった。ときどき、「刺される」とか「バッドエンド」とか言っているのも、意味がわからない。

「……その二、日光は怖くありません。燃えたりしないので、安心です」

嘘だ。絶対に嘘だ。

だって、外は恐ろしい。危険なのだ。

「その三、外は――」

嫌だ。

怖い……。

「外は、とても楽しいところです」

怖い。部屋の外は怖い。

あんなことがあったのに、外へ出なければいけないなんて……不条理だ。理不尽だ。

エミールは神と、目の前の悪魔を呪う言葉を心中でつぶやき続けた。

❈　❈　❈

彼の名前は、エミール。

通称、『引き籠り姫』。

属性は根暗。職業、王子様。スキルは引き籠り。レベルマックス状態。

呼び名の通り、部屋に引き籠る根暗で、なぜだか外の世界を極度に恐れている。

これでも、フランセール王国第一王位継承者。

しかし、お世辞にも十九歳の王子様には見えない。『引き籠り姫』と呼ばれているのも納得の貧弱さである。

「はい、殿下。よくできました。では、もう一回言ってみましょうか」

ルイーゼはわざとらしい言い回しで、エミールを褒めてみる。すると、エミールはこの世の終わりのような顔で、悲鳴をあげた。

ただ、外は怖くないという文章を音読させているだけなのに。

「も、も、もう一回⁉」

「そうですよ。何度も口に出しているうちに、外が怖くなくなります。一種の暗示ですわ。効果は薄いと思いますが」

「や、やだやだ。無理、むり！　僕、信じてないことなんて何度も言えない！」

「百回を過ぎれば、少しは信じてきますわよ。たぶん」

「ひゃ、ヒャッカイ⁉」

たったあれだけの言葉を口にするだけで、ここまで絶望されては先が思いやられる。

エミールは、ルイーゼの問いに対して、「外には出たい」と答えたのだ。それならば、全力で調教……いや、教育しなければならない。

いまのところ、かなり手ぬるい方法しか使っていない。枕を投げられたときは少々驚いたが、叩き潰してやった。ルイーゼに歯向かうなど、百年早い。羽根の掃除はジャンが行っている。

そんなことよりも、今世ではまったく身体を鍛えていない。あの程度の動きひとつで、軽い筋肉痛になりそうだ。普通に避ければよかった。

直近二回の前世が脳筋だったせいか、今世でも反射的に動いてしまう。

だが、所詮《しょせん》はか弱い令嬢の身体だ。多少の運動で、翌日、動けないほどの筋肉痛に見舞われる。

正直な話、教育係の自信はない。

要するに根性を叩き直せばいいのだが、教育係を任されるなど初めてだし、相手は思った以上の妄想癖を持った強敵ときた。

断るという選択肢もあったし、逃げ出してもよかった。何人もの貴婦人を潰した王子だ。誰も咎《とが》めない。

この王子を見ていると、虫唾《むしず》が走る。

海賊だった前世の血が騒いで「ブッた斬れ」と言っている。

でも、

――冷たいのですね。少しは、わたくしのワガママも聞いてくださらない？

――もしも、この子が男の子だったら、是非、あなたに……――。


余計な記憶がズルズル引っ張り出されてきて、ルイーゼは首を横にふった。

いまは関係ありません。その記憶は関係ありません。あー、ベテラン転生者って、面倒くさい。

思考を切り替えるが、憂鬱は晴れなかった。

「早く言わないと、カーテンを開けますわよ？」

ルイーゼはカーテンを揺らしてみせる。ゆらゆらと伸び縮みする光の中で、エミールが肩を震わせた。

豊かでしなやかなブルネットの髪は王族の血を引く証しだろう。歴代の国王は、だいたい同じ髪質らしい。

ほとんど陽に当たらない生活をしているせいか、肌は青白く、手足も男のものとは思えないほど細い。発育が悪く、身長もルイーゼと同じくらいだ。

「や、や、やめっ……ルイーゼ、おねがいだから、カーテンから手を離して。お、おねがいッ」

エミールは歯をガタガタと鳴らしながら、一歩ずつあとずさりする。

ルイーゼは、つい意地悪心をくすぐられてしまった。

「殿下。外の風は、とっても気持ちがいいですよ。今日は雲ひとつない晴天です」

「ルイーゼ、おねがいだから、落ち着いて！」

「いや、殿下が落ち着いてくださいな」

ルイーゼはカーテンを引き窓を一気に外へ押し出す。

開け放たれた窓から入り込む柔らかな陽射しと、爽やかな風。淀んだ部屋の空気を浄化する大気の恵みを受けて、ルイーゼは大きく深呼吸をした。

こんなに気持ちのいいものを怖がるなんて、エミールは不幸な男だと思う。

「殿下？」

おかしい。

予想していたはずの悲鳴が聞こえない。

ルイーゼは嫌な予感がして、ゆーっくりとふり返る。

案の定。

あまりのショックに気を失って倒れているエミールの姿があった。

「はあ……」

か弱いにも限度がある。

引き籠りだからといって、許されるものではない。だいたい、どうして、こんな風になるまで国王は彼を放っておいたのだろう。

まったく、腹立たしい。苛立ちが募《つの》ってきた。

早く屋敷へ帰って、人形を殴って発散させたい。

いいや、それでは足りない！

「………」

視線を感じる。ジャンが心配そうな、それでいて、真剣なまなざしで、ルイーゼを見ていた。

「なんですか？」

ジャンはサッと音もなく、ルイーゼの前に跪《ひざまず》く。

「お嬢さま、このジャンにお任せください」

ジャンは自信満々に、懐からなにかを取り出す。

それが馬用の短い鞭だと気づいて、ルイーゼはさすがに辟易《へきえき》した。

「いや、どんな手段を使ってでも、と言いましたけれど！　王子様を鞭打つつもりは、ございませんよ⁉　王族を虐待のすえに刺されてバッドエンドは嫌ですわ！」

「刺されるとか、バッドエンドとか、なんの話をしているのか、このジャンにはわかりかねますが……違いますよ、お嬢さま」

取り乱すルイーゼに、ジャンがスッと前に出る。

あろうことか、自分の服を脱ぎはじめたではないか。

執事にしては、よく鍛えられた滑らかな肌が晒され、ルイーゼは思わず口を両手で覆った。

なんということだろう。

「……意外と見事な僧帽筋《そうぼうきん》ですこと。上腕も、なかなか。いい剣士になれそう……ではなくて、どうして、そこで脱ぐのですかっ！」

エミールは失神しているが、いきなり服を脱ぐ使用人は、どう考えてもアウトだ。

「このジャンを痛めつけてくださいませ！　それで、お嬢さまの気が晴れるのでしたら、いくらでも、この身を捧げます！」

ジャンは気迫たっぷりの声で、ルイーゼに鞭を握るよう迫った。

たしかに、ルイーゼはストレス発散に部屋でこっそり人形を殴っている。

エミールの教育係に任命された日から頻度が増しているのも事実だ。ついに昨日、愛用の人形が壊れてしまった。

「だからといって、人間を代用になどいたしませんからっ！　そのような虐待をしてしまったら、わたくしの、ほのぼの日常系ハッピーエンドプランが崩れてしまいます！　悪の道には染まりません！」

「虐待ではございません。主が使用人に折檻《せっかん》など、珍しくもございません！　悪の道？　いいえ、むしろ、健全にございましょう！　よろしゅうございますよ！」

「どこがです⁉」

ルイーゼは迫りくる執事をかわして、一歩、二歩と、うしろへさがる。

鞭の先がピロンピロンとしなって跳ねた。

あら、やだ。この革の重量感はちょうどいいですわね。

馬になど、今世では乗ったことがないので忘れていたが、思いっきりふると気持ちがよさそう……いやいや、なにを考えているのでしょう。

ルイーゼは誘惑を遠ざけた。

「もうっ、ジャンったらぁ。わたくしぃ、こんな怖いもの持てなぁい。いやん。キャピッ」

いつものようにブリッ子で誤魔化しながら、ルイーゼは身体をぷりぷりと横にふった。今日は、特別に「キャピッ」も口に出して大奮発だ。

けれども、ジャンは冷ややかな反応だった。

「お嬢さま……いつ言おうかと迷っておりましたが……その猫かぶりは似合っておりませんよ」

「え」

似合って……ない？

「少々、不気味で……気持ちが悪いです」

え？　え？

不気味、ですって？

気持ち悪い、ですって？

ルイーゼは執事の率直な意見に固まったまま、動くことができなかった。


年老いた侍従長が息を漏らした。

王子の新しい教育係となった令嬢についてだ。

「大丈夫なのでしょうか？　いくら適任者がいないと言っても、未婚の令嬢に任せるなど、無謀ではありませんか？」

侍徒長は不安を訴える。

対して、部屋の主であり、フランセールの国王でもある男が優雅な微笑を浮かべた。

「さあな。誰に頼んでも無理なら、もう無理という話なのだろうさ。だが、聞けば、すでに部屋の掃除にも成功しているそうではないか。そんな教育係など、いままで誰もいなかった。やはり、私の目は正しいな」

豊かなブルネットの髪に白い肌、細身で若干頼りなさそうに見える長い四肢。

エミール王子とよく似た容姿、しかし、まったく異なる空気をまとった男性――第十七代フランセール国王アンリ三世は、おもむろに姿勢を崩した。

齢四十を過ぎた国王。

しかし、表情には青年のような覇気があり、顔立ちも、十は若く感じられる。

衰えを知らぬ国王は、まるで、フランセールの発展を象徴するかのような存在だ。国民からの人気も高く、賢王と慕う者も多い。

「少なくとも、私はシャリエ公の令嬢を気に入っているぞ」

「お言葉ですが、陛下が気に入るかどうかは、あまり関係がないと思うのですが」

「そうかな？　とても聡明で美しい娘ではないか。私がもう少し若かったら、後妻にしたいくらいだよ」

「ご冗談を。聡明で美しい？　理由はそちらではないのでしょう？」

「察しがいいな。どう思う？」

　年老いた侍従長は苦笑いを浮かべた。

「……あの令嬢が亡くなられた王妃様にどことなく似ていることは、否定しませんが」

令嬢ルイーゼは、評判のいい娘だ。

見目麗しく、賢いが知識をひけらかさない。男を立てる慎ましやかさも持った才色兼備だ。あと三年もすれば、さらに磨きがかかるだろう。

　その仕草や動作、口調には懐かしい雰囲気がある。十五年前に亡くなった王妃、セシリアを思い起こすものがあった。

　まるで、セシリア王妃を模倣しているかのような立ち居振る舞いだ。もっとも、ルイーゼは十五歳で、セシリア王妃が亡くなった日に生まれたという話である。模倣はありえない。

「そうだろう、そうであろう？　雰囲気がセシリアにそっくりではないか？　セシリアの生まれ変わりではないのか？　そうだ、きっとそうだ。違いあるまい。私がセシリアを間違うはずがないからな！　彼女が死んだ日に生まれた娘なのだろう？　エミールも好みだと思うぞ！　むしろ、私の好みだ！」

「陛下、威厳が消し飛んでおりますよ。あと、そのような話を不用意にするのは、感心いたしません……お慎みください」

「おっと、すまぬ。セシリアのことを考えると、つい」

侍従長の指摘で、アンリは緩みまくった顔を引き締めた。

これでも、アンリは若くして王位に就《つ》いて以来、数々の修羅場を経験している。そのたびに、持ち前の政治手腕で乗り切ってきた。

しかしながら、性格には多少難ありだ。

十五年も前に死んだ王妃を溺愛しすぎていて、言動が行き過ぎてしまう。後妻もとらず、男やもめを貫いているため、子供はエミール一人である。

王妃の忘れ形見を散々甘やかした結果が、『引き籠り姫』誕生に繋がったとも揶揄《やゆ》されていた。

今回、ルイーゼを教育係に抜擢したのも、その一環なのだろう。

若々しく、民衆からも人気のある賢王唯一の欠点だった。

「陛下。ひとつ、よろしいでしょうか？」

侍従長が釘を刺すようにたずねる。

「まさか、その変態じみたお顔でルイーゼ嬢を毎日観察したいがために、適当に殿下の教育係に指名したわけではございませんよね？」

「なにか不都合でもあるか？」

「…………」

「ん？　爺？　なぜ、黙っておる？」

「陛下ぁぁぁぁあああっ！」

侍従長は血管が破裂しそうな大声を出した。悲鳴と言うよりも、泣き声に近い。

アンリは悪戯っぽく笑うと、両手で耳を覆ってみせた。

「そうだ、よいことを考えたぞ。これから、抜き打ちで我が子の様子を見にいこうではないか。どのような教育が行われているのか、大変に興味がある」

「陛下！　またそのようなお戯れを。お待ちください！」

「待たぬ。もう決めたのだ。次の謁見は午後だろう？」

「目を通していただきたい書類がございます！」

「もう見たよ。興味深かったが、予算を見直すよう返事をしておいてくれ」

「いつの間に……ああ、陛下！」

アンリは言うが早いか、玉座から軽やかに立ちあがる。年寄りなど放っておいて、そそくさと玉座の間をあとにした。


セシリアは、まことに美しい王妃だった。

聡明で麗しく、それでいて、したたかな部分があって、誰にでも好かれる完璧な国母。

特に喜怒哀楽に揺れるサファイアのような瞳が魅力的で、アンリはいつも彼女の表情に見惚《みと》れていた。乙女のような可憐さがあるのもいい。

あんなことさえなければ、いまも自分の隣で支えていてくれただろう。エミールも、部屋に引き籠らなかったはずだ。

国王アンリ三世は、国民から慕われる賢王かもしれない。だが、父親としては失格だ。自覚はある。エミールを放置していたのは、父であるアンリだ。

恐ろしかった。

亡くなった妻の面影を持つ息子と向きあい、現実の世界へ引っ張り出す勇気がなかったのだ。

もしかすると、アンリ自身、息子を部屋に閉じ込めたいと思っていたのかもしれない。セシリアに似た子が、手の届くところにいてくれて安心する自分もいるのだ。

十五年前に死んだ妻の二の舞になるくらいならば――。

「お嬢さま！　よろしゅうございます！　よろしゅうございますよ！」

息子の部屋に近づくと、中から意味のわからない声が響いていた。

「そんな、ありえませんわ。ありえません！　わたくしのブリッ子が通じないなど……アレで落ちない男は、いなくてよ！」

「お嬢さま……ッ！」

会話が聞こえるが、エミールの声はしない。

間に挟まれるベシィンッとか、バシィンッとかいう音が気になって仕方がなかった。

アンリは、不審に思いながら部屋を覗く。

「こ、これは……！」

そこは、エミールの部屋とは思えない空間であった。

明るい陽射しがあふれている。不気味な石像や、意味不明な儀式の残骸はどこにも見当たらない。

その部屋の片隅で失神しているのは、エミールだ。

だが、さらに異様な光景がそこにはあった。

「おーっほっほっほっ。あら、やだ。意外と愉しいですわ！」

「お嬢さまの気が晴れたようで、ジャンは嬉しゅうございます！」

「まだ許していなくてよ。わたくしのブリッ子が通じないなど、ありえませんわ！　どれほどの男に、あれで貢がせてきたか、わかっているのかしら⁉　この節穴！」

ベシィンッ！　半裸の男の背に、革の鞭が振り降ろされる。

男を足蹴にして高笑いをあげているのは、まぎれもなく、シャリエ公爵令嬢ルイーゼだった。

意味がわからない衝撃がアンリに奔《はし》る。

息子が気絶する部屋で、なんということだろう！

これは、なにごとかと必死で己に問いながらも、抑えきれない未知の感情がわいた。

とりあえず、黙って部屋の扉を閉めておく。

「陛下！　お戻りくださいませ。公務の続きをいたしますよ！」

やがて、年寄りの侍従長がアンリに追いついてくる。彼は息を切らせながら、放心状態のアンリの腕を引いた。

「…………爺よ」

「なんでございましょう、陛下」

「私はエミールが羨ましいぞ」

「……はい？」

息子の部屋での光景を思い起こしながら、アンリは恍惚の表情を浮かべていた。

その姿は、まさに変態的ななにかだったと、その日、王を目撃した者は口をそろえて証言したという。

2

「ということで、殿下」

ルイーゼは改まった口調で言うと、手にした刃物をエミールに向ける。

エミールは光り輝く二枚の刃——大きめのハサミを前に、「ひっ」と声を裏返した。

「本日は、邪魔くさい髪を切ってしまいましょう」

「い、イヤだよ。髪は切らない！」

「いけませんわ、殿下。そんな鬱々とした髪型など、社交界では流行《はや》りません。殿方は爽やかに短髪か、伸ばして結うのがトレンドです。殿下の場合、大変中途半端な長さですので、短くしてしまうのが清潔感もあって好印象でしょう」

手の中でハサミをチョキチョキ動かしながら、ルイーゼは捲《まく》し立てる。

だが、エミールは食い下がった。

「ダメッ。前髪を切ったら、光が直接目に入っちゃうよ！」

「よろしいことですわ。太陽の光を浴びなければ、身体は成長しませんから。ずっと、背が低いままですわよ？」

日光を浴びてビタミンDを摂《と》らなければ、骨粗鬆症《こつそしょうしょう》になってしまうと、日本で生きていたころのテレビ番組で特集していた。

ずっと陽射しを避けていたエミールは、きっと骨も身体も弱いに違いない。成長不良なのか、背も並みの十九歳より低かった。

「とにかく、髪は切っていただきます」

「い、いや！」

ルイーゼは片手をあげる。すかさず、ひかえていたジャンが鞭を差し出した。

満面の笑みのまま鞭を受け取ると、ルイーゼは流れるような動作でふりあげる。

「お嬢さま、よろしゅうございますよ！」

「少しお黙りなさい、ジャン。うるさくてよ？」

「御意《ぎょい》にございます！」

一回、二回と、ジャンの背中に鞭を打ちつける。エミールはその光景を前に、カチカチと歯を鳴らして震えあがった。

まるで、「こうなりたくなかったら、言うことを聞け」と言っているようだ。いや、言っている。

別に王子を直接殴っているわけではないし、ジャンも進んで打たれているのだから、問題ない。

なにも問題ない！　むしろ、健全！

気に食わない相手を徹底的にいじめ抜いたり、退屈しのぎに金品を騙し取ったり、略奪の限りを尽くして酒池肉林《しゅちにくりん》したり、生首を狩りまくったり……いままで経験してきた人生の中で、最も健全なストレス発散法と言えるだろう。

　これは悪の道ではない。健全である。

　なによりも、ものすごく気分がいい。これ正義！

「さあ、殿下。髪を切りましょう！」

　気分が高揚して、高笑いまで漏れてしまう。

「う、うわあああ。悪魔！」

「悪魔だなんて……殿下ってば、ひどいですぅ。ルイーゼは傷つきましたわぁ。キャピッ」

「その気持ち悪いしゃべり方、怖いからやめてッ！」

　あら。聞き違いではなかったら、いま、「気持ち悪いしゃべり方」と言われたかしら？

　ルイーゼは憂さ晴らしに、すぐ近くにいたジャンを蹴りつけておく。

　脛《すね》への一撃をモロにくらって、ジャンは「大変よろしゅうございますッ！」と声をあげながら、うずくまった。

「ひ、ひぃっ！」

　エミールは壁に背中をベッタリとつけ、蜘蛛が這うように伝っていく。しかし、逃げる範囲は限られていた。

　ルイーゼは、あっという間に、エミールを部屋の角に追い詰める。

「殿下、さあ、切りましょう。大丈夫です。わたくし、美容師の資格も持っておりましたから、男前にしてあげます」

「びようし？　なにそれ！」

エミールは必死で首をブンブン横にふっているが、ルイーゼが胸倉をつかむと静止した。

ジョキリ。

ルイーゼは、ハサミで一気にエミールの前髪を切り落とす。

容赦なく、一片の迷いもなく、徹底的な眉上パッツンにしてやった。

露《あらわ》になったサファイアの瞳には、恐怖のまなざし。うっすらと涙が輝いていた。

ブルネットの髪や、スッと通った鼻梁《びりょう》などは父親譲りだろう。しかし、鮮やかな瞳や白い肌、頬や唇の形は別の人間――母親であるセシリア王妃の面影を濃く残している。

見つめられ、ルイーゼは動きを止める。

そして、つい手を離してしまった。

「あ、あ、あああ……前髪が……」

エミールは悲嘆に暮れ、めそめそと項垂れて泣きはじめてしまった。

だが、ルイーゼはかたわらで黙ったまま、エミールに触れていた自分の手を見下ろす。

「セシル」

またひとつ、嫌な記憶を思い出してしまった。

なにもなければ、普段はこうやって前世の詳しい記憶を思い出さない。

ただ、なんとなく「こんな人生を送った自分がいたな」「こんな言葉遣いをしていたな」と、ぼんやりと泡のようにわくだけだ。

だから、前世の特定の記憶が次々と引き出されていく経験など、あまりなかった。

ルイーゼは行き場のなくなった掌を握りしめる。どうしようもなくて、くだらない感情が胸を苛《さいな》んでいく。

かつて、ある女性を「セシル」と呼んでいた。

そして、七番目の前世で自分は、セシルに恋をしたのだ。

想いを告げるはずだった日に、騎士である前世の自分は戦地に赴くことを選んでしまった。

やがて、帰還したら、セシルは他人の妻になっていた。

その日から、セシルのことを――セシリア王妃と呼ぶようになった。

そんな記憶だ。

「うう……目の前が明るい」

エミールは消えた前髪を求めて、自分の顔をベタベタと触っていた。なぜか、床に落ちた髪の毛を拾い集めている。

いらない感傷にひたっている暇はない。

ルイーゼは首をふった。

「殿下、髪の毛を拾っても、くっついたりしませんよ。あきらめてください」

「う、うう……」

エミールの前髪を切ることに成功し、ルイーゼは満足だった。短い前髪パッツンは爽やかである。

「うしろも整えましょうね」

エミールの髪質は柔らかくてフワッとしている。ルイーゼは手早くハサミを動かして、ナチュラルボブに仕立てた。

いままで、前髪のせいで意識していなかったが、エミールの顔立ちはかなり整っている。両親の素材がいいので当たり前だろう。まあ、ルイーゼの好みは惚れ惚れするような筋肉を持った歴戦の戦士系男子なので、少しもキュンとこないが。

しかしながら、これはこれで社交界での需要はありそうだ。子犬系や弟系が好きな令嬢は多い。問題は、エミールが社交界に出られるようになるまで調教、いや、教育するのは骨が折れるという点だ。

「ふふふ、これでも、昔は同僚の髪を整えていましたのよ」

キャバ嬢だった二番目の前世を思い出しながら、ルイーゼはエミールの髪をとかす。

エミールは鏡に映った自分の姿を、青い顔で見つめていた。

彼は本当にセシリア王妃に似ている。

前世と同じ国に転生してしまうのも、考えものだ。

「ど、どうかした？　僕の顔に、なにかついてる？」

ルイーゼが鏡を凝視しているものだから、エミールが不安そうに問う。

「いいえ、その……殿下は国王様と王妃様、どちらにもよく似ていらっしゃると思いましたので」

落ち着かないのか、もじもじと指先をいじっていた。

「母上に？　ルイーゼは、母上を見たことがあるの？」

まずい。

ルイーゼが生まれたのは、セシリア王妃が亡くなった日だ。本人を見ているはずがない。

「あー、肖像画で拝見しましたの。ほら、エントランスに飾っていらっしゃるでしょう？　両陛下のものと、あと、王妃様だけのもの。あの肖像画に、とても似ているのです」

なんとか誤魔化すと、エミールは「そっか……」とつぶやいた。

彼はしばらく思案し、口を開こうとする。だが、すぐに黙ってしまった。

「どうかしましたか？」

「い、いや……あの……その絵は、大きいの？」

エミールはずっと引き籠ったまま、自室を出ていない。王宮のエントランスホールなど、見たことがないのだろう。

「かなり大きな絵だったと思いますよ」

「そっか。じゃあ、ここへ持ってこられないね」

エミールは残念そうに眉をさげた。

一方、ルイーゼは、意地悪な笑みを浮かべる。

「もしかして、殿下は絵を見たいのですか？」

「…………い、いや、見たくない。見たいなんて、言ってないよ！」

危険を察知して、エミールはガタガタと震えはじめた。

「そうですか、そうですか。殿下は王妃様の絵を見にいきたいのですね」

「そんなこと、言ってないよ！　言ってないってば！」

情け容赦ない悪鬼のごとく、優しい優しいルイーゼはエミールの肩をつかんだ。

同時に、壁に向かってベシィンッと鞭を空打ちする。なぜだか、ジャンが残念そうな表情をしていた。

「では、お散歩しましょう。王宮の外へ出るわけではありませんもの。そう、この王宮は王族である殿下のものです。殿下のお部屋も同然！　殿下はお部屋を散歩するだけですわ！」

「そ、そんなの屁理屈だよ……ッ！」

「屁理屈こねて引き籠っていらっしゃるのは、誰ですか。さあ、参りますよ」

ルイーゼはエミールを引きずる。エミールは食いつくように、調度品にしがみついた。

引き籠りの王子は意外と軽いが、いかんせん、深窓の令嬢であるルイーゼには筋力がない。このまま歩くのも、限界がありそうだ。

「ご覚悟を！」

「イヤだ。悪魔や魔物が襲ってきたら、どうするのッ。部屋を出た瞬間に、生首が飛び交うかもしれないよぉ！」

「そんなもの、飛びませんから！　わたくしがなんとかいたしますので、大丈夫です！」

そんな会話をしながら、ルイーゼは思いっきりエミールを引っ張る。その反動で二人とも部屋の外へと転がり出ていった。

「きゃっ」

「わあっ」

期せずして、エミールが覆いかぶさる形でルイーゼの上に倒れる。

エミールの身体は細くて弱々しく、どこかの令嬢と錯覚してしまいそうだ。

不安そうなエミールの瞳がルイーゼのすぐそこまで迫っていた。

「外、出ちゃった……」

先に口を開いたのは、エミールだった。

エミールは自分が部屋の境界を越え、廊下へと出ている事実に、いま気づいたようだ。心許なくキョロキョロとあたりを見回しては、安全を確認している。

「ほら、外へ出ても、平気にございましょう？」

ルイーゼは肩をすくめてみせた。エミールの下から這い出て、桃色のドレスについたほこりを払う。

「大丈夫ですわ。なにかあったら、わたくしがお守りします」

ルイーゼは軽く笑いながら、座り込むエミールに手を差し伸べた。

十歳のときに、屋敷に押し入った強盗を一人で退治したこともあるのだ。雑魚《ざこ》ならば、負ける気がしない。そのあと、筋肉痛で数日寝込んだけれど。

エミールは放心していたが、やがて、おずおずと小さな手を握り返す。

「手を……離さないで、くれる？」

すぐそこへ行くだけなのに、本気で怖がっている。ルイーゼは溜め息をつきつつも、しっかりと彼の手を両手で包んであげた。

「大丈夫です。なんなら、おそばを離れないように、鎖で繋いでおきますか？」

冗談のつもりで言うと、ジャンが手錠つきの鎖を差し出してきた。

ルイーゼは苦笑いする。そんなもの、どこに隠し持っていたのだろう。

「それは名案だね。そうしてくれない？」

「なにをもって名案だと判断されたのか、わたくしには、さっぱりわかりませんけど!?」

アッサリと、エミールは鎖の拘束を受け入れてしまった。

エミールはキョトンと首を横に傾《かし》げているし、ジャンは「よろしゅうございます。拘束は殿下にお譲りいたしましょう」とかなんとか言っていた。

さすがに、鎖についた手錠をはめるといろいろと誤解されてしまいそうだ。結局、ルイーゼとエミールは鎖の両端を持って歩くことにした。

これもこれで、異様な光景だ。

しかし、結果的に、あまりその行為は目立たなかった。

「あれは誰です？」

「見ないお顔ですわね。短い前髪がお可愛らしい」

「ねえ、あの方……国王陛下に似ていらっしゃらない？」

「まさか……あれが噂の引き籠り姫⁉」

王宮の人々にとって、鎖を持って歩く男女二人よりも、エミールが外に出ている光景のほうが衝撃的だったのだ。

十年以上も引き籠っている王子が、人前に姿を現した！

その一報だけが、王宮の貴族たちに伝わっていく。

「部屋に帰りたい……」

「クエストクリアまで、もう少しですわよ。ここであきらめたら、経験値が手に入りません」

「くえすと？　けいけんち？　ルイーゼは、なにを言っているの？」

「気にしないでください。少し口を滑らせただけですわ」

ときどき、立ち止まって動かなくなるエミールをなんとか誘導して、二人はようやく、エントランスまで辿《たど》りついた。

「殿下！　エミール殿下ではありませぬか！」

貴族たちが遠巻きに囁く中、太く、大きな声が発せられた。

突然のことに、エミールが子猫のように縮こまる。

歩み寄る男はエミールや国王と同じブルネットの髪だった。心なしか、いや、紛れもなく薄毛《ハゲ》だが、いまは関係ない。

「……誰だっけ……？」

エミールはルイーゼの陰に隠れながら、ボソリとつぶやいた。引き籠っていたので、覚えていないのだろう。

「わたくしも、よく存じませんが……王弟殿下のフランク様ですわ。あなたの叔父君です」

「そ、そっか」

ルイーゼは小声で教える。といっても、ルイーゼもよく知らない人物だ。社交界で、あいさつを交わした程度の間柄である。しかしここは、ルイーゼが対応すべきだろう。

「あら。王弟殿下、ごきげんよう。いま、エミール殿下は急いでいますの。早くしないと、スタミナ切れで動けなくなってしまいそうなのです。今日はこのまま失礼しますわ」

ルイーゼはエミールの代わりに早口で捲し立てた。エミールの顔が蒼白で、いまにも倒れそうなのだ。

いま、薄毛に構っている暇はない。早く絵を見て、部屋に帰らないと。

「え、ちょ……！　お待ちを！」

雑な扱いに、フランクが薄毛の下に汗を滲ませている。

兄である国王アンリは、なかなか若づくりだと言うのに、この王弟は年齢以上に老けて見えた。まだ三十代なのに……不憫だ。

ルイーゼは気にせずエントランスまで突っ切った。

「さあ、殿下。着きましたわよ」

大きな窓が並び、陽射しをたっぷり取り込める造りのエントランス。その中央には二階へ続く階段が伸びている。

階段の中腹にある踊り場で、セシリア王妃の肖像は微笑んでいた。

美しくしなやかな金髪が、優しい筆づかいで描かれている。白いドレスは清楚で、純真な乙女を演出していた。穏やかなサファイアの瞳は、当時の王妃を忠実に再現している。

エミールは母親の肖像画を食い入るように見つめていた。こんなに真剣なエミールは、初めてかもしれない。

その姿を見ていると、ルイーゼは疑問を口にせざるを得なかった。

「殿下、どうして外が怖いのですか？」

ずっと、マトモな答えを聞くことができなかった。

エミールはゆっくりとルイーゼのほうをふり返る。

哀しげに、それでいて、怯えるように、自らの胸元をつかんだ。

「……悪魔を、見ちゃったの……」

「はあ？」

第一声は、それだった。またいつもの妄想かと、ルイーゼは冷ややかな視線を向ける。

「悪魔が……アレは、悪魔だったんだよ。悪魔に決まってるよ……太陽がまぶしくて、はっきりと見えなかったけど……黒い甲冑の禍々《まがまが》しい悪魔がいたんだよ……悪魔が生首の山を築きあげて笑ってたんだ……！」

ん？

黒い甲冑？

あら？　生首？

ん？　あらあら？

ルイーゼは聞き捨てならないキーワードの数々を聞いて、目を数回パチクリさせた。

エミールは恐怖に怯えたまま続ける。

「悪魔の名前はクロード・オーバン。裏切りの首狩り騎士！」

あー……。

ルイーゼの思考が一時停止する。

同時に、居たたまれなさと、面倒くささでいっぱいになってしまった。

首狩り騎士クロード・オーバン。

フランセール史上最強と謳われた騎士であり、最悪の裏切りを働いた悪党として名高い男。

そして、その名は紛れもなく――ルイーゼの前世のものであった。

前世のわたくしは馬鹿ですか。アホですか！　もう少し、自重すればよかったわ！

まさに、身から出た錆。

こんなに面倒くさい引き籠りを生んだ原因が、自分の前世だとは。
ルイーゼは転生者である自身の境遇を呪わずにはいられなかった。

その2　引き籠り、外を知る！

1

いまから十五年ほど昔の話です。

クロード・オーバンという騎士がおりました。

漆黒の髪に、漆黒の瞳。闇の中から這い出たような黒い甲冑を好んでつける、風変わりな騎士です。

その剣技は奇怪にして鮮やか。

誰も見たことのない片刃の剣をふりかざし、見事な武勇と死体の山を築きあげていきました。

フランセール軍に幾多もの勝利をもたらした英雄です。平和で豊かなフランセールの礎《いしずえ》となった人物の一人でしょう。

フランセール最強の騎士として君臨したクロード・オーバンは、史上最年少で王族の守護騎士【黒竜の剣】に任命されました。

対となる【天馬の剣】には、戦友エリック・ド・カゾーランが着任しました。

彼ら【双剣】はフランセールの強さの象徴。玉座に御座《おわ》す国王陛下の左右に並ぶことができる、とても栄誉ある地位なのです。

クロード・オーバンがひとたび戦場に出れば、フランセールの勝利が約束されます。

一方で、人々は彼を敵の首を狩って笑う「首狩り騎士」として恐れていました。

きっと、あれは悪魔の騎士なのだ、と。

人の生き血を浴びて悦んでいる、と。

いつか、国を滅ぼすのではないか……。

そんな人々の予感は現実となりました。

首狩り騎士クロード・オーバン。裏切りの騎士クロード・オーバン。このフランセールで、その名を知らぬ者はいないでしょう。

クロード・オーバンは王国の秘宝である『人魚の宝珠《マーメイドロワイヤル》』を盗みました。

嗚呼《ああ》。そして、改心を訴えた王妃様の首を落としてしまったのです。

なんと恐ろしい所業！

けれども、クロード・オーバンは報いを受けます。エリック・ド・カゾーランの槍によって串刺しになって死にました。

それ以来、不吉な【黒竜の剣】の座は空席のままです。

裏切りの騎士に罰を与えたエリック・ド・カゾーランは伝説の英雄となり、いまも【天馬の剣】に君臨し続けております。

フランセールでは、悪の道を進めば、どんな強者であっても必ず天罰が下るのです。

それは運命であり、必然。

だから、よい子のみなさんは、悪いことをしてはいけませんよ？

2

おめでとうございます、エミール殿下！

見事、お部屋の外に出てお散歩できましたわね！

今度はお茶をご一緒しませんこと？　いい茶葉が手に入ったので、是非、殿下に振る舞いたいのです。

場所は適当に選んでおきます。もちろん、お花がきれいで、日光浴できる最高のロケーションを探すつもりですわ。お茶会には、相応しい環境がございますのよ。

時間になりましたら迎えにいくので、ご支度なさってくださいね。

——ルイーゼ・ジャンヌ・ド・シャリエ

これで、よし。

ルイーゼはエミールに宛てた手紙を、扉の下から部屋の中へ投げ入れておく。

数秒後に、「え？　え？　えええええええ!?」とかいう絶叫が聞こえてきた。大変気に入っていただけたようで、なによりである。

部屋の外から、返事代わりに空打ちする鞭の音だけ響かせておいた。

「さて、ジャン。参りましょうか」

「御意にございます、お嬢さま」

まずは、場所を決めなくてはならない。

事前にめぼしい情報は収集しているが、実際に見てみなくては。

フランセールの王宮には、大庭園のほかに、小さく区切られた庭がいくつも存在している。訪れる庭によって、印象が変わる王宮として評判でもあった。

王宮ではさまざまな貴婦人たちが集まり、サロンを開いている。許可さえあれば、王宮内のどこでも食事や宴を行っていい決まりだ。

ルイーゼたちは、エミールの部屋からほどよい距離のポイントを探す。

人気のスポットは、やはり温室だろう。フランセールでは見ない珍しい植物や花にあふれ、気持ちのいい日光が降り注ぐ。

しかし、温室は人気がありすぎて、ティータイムにかなり人が集まる。エミールはお茶を口にする前に失神するだろう。

前世は男だったので、王宮のお茶会スポットには残念ながら疎《うと》かった。むしろ、そういう類《たぐい》の娯楽に興じる輩《やから》をあまり好んでいなかったと思う。漢《おとこ》なら黙って鍛錬、という主義……つまりは、脳筋であった。

「あら、いい眺めですこと」

回廊を進んでいると、薔薇の庭園が見えた。

小さな噴水や石造りの東屋《あずまや》が見え、情緒がある眺めだ。咲き乱れる薔薇は、どれも大輪で、ベルベットのように上質な見応えがある。よく手入れの行き届いた庭だ。

お茶会にピッタリだろう。

ジャン、すぐに準備いたしましょう。

そう言いかけたルイーゼの耳が、奇妙な物音をとらえる。

「ぬうっ！」

あらら？　とても漢らしい声ですわね？

何気なく視線を移した先で、動く影があった。

「ふんっ！」

薔薇園の片隅で、長槍をふり回して声をあげていたのは――まさしく漢！

「なんですか……あれは……」

上半身についた筋肉を、惜しげもなく晒して鍛錬に励む男の姿があった。

盛りあがる胸鎖乳突筋《きょうさにゅうとつきん》に、割れる腹直筋《ふくちょくきん》。うねるような僧帽筋《そうぼうきん》や厚い大胸筋《だいきょうきん》が、汗で美しい光沢を放っている。しなやかな外腹斜筋《がいふくしゃきん》は芸術の極みだろう。服に隠れている大腿四頭筋《だいたいしとうきん》も、鎧のよう。

年の頃は四十前後か。見事な筋肉を披露する壮年の男性が、豪快に槍をふりあげて訓練に励んでいた。

「あ、あれは……とても……仕上がっていますわ……仕上がっておりますわ！　肩に小っちゃい重機をのせているんでしょうか！　大胸筋が歩いていています！　ああっ……背中に鬼神が宿っていますわ！」

あそこまでの肉体は、なかなかお目にかかれない。

まさしく歴戦の戦士だ。

「お嬢さま、目が輝いておりますよ」

「あら、やだぁ。ジャンったら。別に筋肉に見惚れてなどおりませんよ。ええ、そうです。キュンとしたりなどしておりませんわ。ときめいたりなど、していませんわよ！　ただ、あのキレは最高だなと……そう、わたくしは、品評しておりましたの！」

「筋肉がお好きなのですね。よろしゅうございます。このジャン、もっと鍛えてお嬢さまのご期待に応えてみせましょう」

「あなたが期待に応える必要は、ないのでは？」

「……よろしゅうございます。冷たいお言葉も、ジャンはありがたく受けとめる所存です。むしろ、ご褒美にございます」

話が噛みあっていない。

ルイーゼは、一人で勝手に腕立て伏せするジャンを無視して、筋肉美の中年に視線を戻した。

上半身を脱いでいるのでわからないが、一般の近衛騎士の制服とは違うようだ。

だが、どうも見覚えがあるような、ないような。

ルイーゼは思い出せそうで思い出せない記憶を辿った。しかし、前世まで遡《さかのぼ》っても、あのような仕上がった筋肉の持ち主に心当たりはない。

「まあ、ほかを探すことにしましょう。殿下は筋肉フェチではないと思いますので」

「よろしゅうございます。筋肉ならば、ジャンがなんとかいたします」

「あ、はい」

ルイーゼはジャンを伴って、再び絶好のお茶会スポットを探し求めた。

❖　❖　❖

はて。

誰かに見られていたような？

視線を感じつつも、男は鍛錬をやめなかった。

隆々と盛りあがる筋肉が無駄のない動きを作りだし、長槍がうなりをあげる。

ここ十余年ほどで築きあげた己の肉体は、もはや芸術であると自負していた。筋肉こそが最上の美であり、すべてである。

空気を突いた槍の向こうに、歩き去る影が見える。

どうやら、ご婦人が自分を見ていたようだ。

汗が筋肉の割れ目を伝って光る。

「ここにいたんですねっ！」

己を呼ぶ声に、男はふり返る。

最近、近衛騎士に配属された部下だった。見習いだが、素質ある若者の一人だ。いつか国を背負って立つだろう。

「なにごとか。シエルよ」

名を呼ぶと、見習い騎士――シエルは姿勢を正した。

シエルはあどけなさの残る青空色の瞳で、まっすぐに上司を見あげる。まだ十五歳だ。正式な騎士となるには、少し早い。

「はいっ！　侵入者の痕跡を発見いたしましたので、ご報告を。すぐに西側の庭園へお越しください。カゾーラン伯爵！」

「なんと……承知した」

最上の肉体美を誇る男――カゾーランは短く返答し、脱いでいた制服の上着を持ちあげる。

純白の上着に輝く金糸の肩章。

胸を彩るのは、翼を広げて飛び立つ天馬の刺繍である。

エリック・ド・カゾーラン伯爵。

王族の守護騎士【天馬の剣】の称号を持つ男。そして、十五年前に首狩り騎士クロード・オーバンを倒した英雄である。

栄誉ある純白の衣装に袖を通し、カゾーランはゆっくりと、歩を進めた。

2

いい場所をセッティングできた。

ルイーゼはホクホクとした面持《おもも》ちでエミールの部屋へ向かった。

本当は筋肉美の壮年を眺めながらのお茶がいいのだが、我慢だ。それに、先ほど覗いてみたら、もういなくなっていた。実に残念だ。

「おお、そこにおられるのは、シャリエ公のご令嬢ですな」

エミールの部屋へ急いでいると、回廊の向こうから声をかけられる。

ルイーゼは煩《わずら》わしく思いながら、相手を確認した。

「あら、フランク王弟殿下ではございませんか。ごきげんよう。では、失礼いたします」

ルイーゼは用意された台本を読みあげるようにサラッと述べて一礼する。

だが、フランクは食い下がった。

「今日はエミール殿下とご一緒ではないのですかな？」

「これから、殿下を連れて西の庭でお茶会をしますの。ただいま、お連れするところなので、失礼いたしますわ」

「そう、急がなくとも……」

「ごきげんよう」

なんとも言えない頭皮と影の薄さ。不憫だ。

相手をすると時間を無駄にする。若いころの時間がいかに貴重か、七回の人生で実感済みである。

ということで、華麗にスルーしてみた。

王弟と言えど、国王はまだまだ健在だし、媚びへつらう必要はない。

それに、ルイーゼは王位継承者であるエミールの教育係なのだ。言ってみれば、フランクはエミールから王位継承権を奪える対立候補でもある。あまり深入りすると、ルイーゼの立場が危ないではないか。

むしろ、エミールを徹底的に鍛えて、ゆくゆくは女宰相の座を狙ったほうが――おっと、いけませんわ。前世のくせで野心がわいて参りました。いけません、いけません。今世はのんびりハッピーエンドライフを狙っているのですから。

とりあえず、エミールには外の世界に慣れてもらうところからはじめよう。そのうち、ルイーゼのプロデュースで社交界デビューさせて、貴族たちの賞賛を集めるのだ。最終的に、エミールをルイーゼの傀儡《かいらい》にして権力を――だーかーらー、野心を忘れましょう。はい、忘れました！

「お嬢さま、よろしゅうございますよ？」

ルイーゼのストレスがたまっていると思ったのか、ジャンがサッと鞭を差し出してくれる。

ストレスではなく煩悩のようなものだったのだが……まあ、いい。ルイーゼは軽く一振りしておいた。

「はあ、はあ……よろしゅうございますッ！」

ジャンも嬉しそうだ。

これは健全なるストレス解消法。もとい、煩悩退散法である。

「殿下、お茶会の準備ができましたよ。ご支度はお済みですか？」

ルイーゼはエミールの部屋を叩いた。

そして、返事を待たずに入室する。エミールの許可や、扉が開くのを待っていたら、ものすごく時間がかかってしまうので、最近はいつもこうしていた。

「きっと、殿下も気に入る素敵なお庭――殿下？」

カーテンがしっかりと閉められた薄暗い部屋。

片隅で丸くなるエミールの姿を認めて、ルイーゼは唇が引きつった。

いや、予想はしていた。想定内だ。だが、想定の中でも、割とアウトサイドへと剛速球を投げられた気分だった。

「ルイーゼ？　うう、もう来たの？　もう少し待ってよ、心の準備が……」

「いいえ、わたくしには、準備万端すぎて、ありあまったやる気に満ちあふれているように感じられますわ」

うん、意味がわからない。

こちらをふり返るエミールの顔には、分厚い仮面がつけられていた。フランセール王国では見ない禍々しいデザインだ。

前世の知識を総動員して喩《たと》えるなら、インディアンとアボリジニとメタルスライムを足して五で割ったところに、マトリョーシカと市松《いちまつ》人形をブッ込んだ感じだろうか。

おまけに、手には真っ赤に塗られた藁人形や、短い石槍まで持っている。

まじないグッズの類はすべて処分したはずだ。まだどこかに隠していたのか。油断ならない。

「殿下……その格好で、王宮を歩くおつもりですか？」

「だ、だって、前髪を切ったから、視界が妙に明るくて……見てよ、この人形は不幸を肩代わりしてくれるんだよ。あ、あと、こっちの槍は護身用……首狩り騎士が来ても、串刺しにできるから！」

二度と串刺しはごめんですけど⁉

「とにかく、殿下。その格好では、不審者として近衛兵に捕まりますよ。せめて、そのグロテスクな仮面と槍は置いていきませんか？」

「無理、イヤ！　まぶしい！」

普通に面倒くさい。

首狩り騎士の代わりに、もうサクッと串刺しにしてしまおうかしら。いいえ、それではバッドエンド確実になってしまいますわ。

ルイーゼが思案していると、ジャンが音もなく部屋の中へと入ってきた。

ジャンは懐から取り出したものをルイーゼに見せる。

「はい？」

黒染めの細長い布であった。先日の手錠つき鎖もある。

「よろしゅうございますよ、お嬢さま」

「いや、だから、鎖はよろしくないでしょう⁉　あと、その布はなんですか⁉」

「目隠し用の布でございます、お嬢さま。これで、光が目に入ることはございません」

「ルイーゼの執事は頭が切れるんだね！」

「わたくしの執事のなにを見て、切れ者だと判断なさったのでしょう⁉」

エミールは安心した表情で仮面をとり、ジャンから目隠し布を受け取っている。今日は鎖についた手錠もはめた。

「こ、これなら、たぶん、大丈夫……ルイーゼ、おねがいだから手を離さないでくれる？」

ほんの少しだけ自信を持った声で言われ、ルイーゼは表情が失せるのを感じた。

いや、やる気を出してくれるのは、とてもいい。よい傾向だ。初対面のときよりも、成長していると褒めるべきだろう。

でも、この絵面《えづら》は、どう考えてもアウトですわ！

ルイーゼはそっとハンカチを、手錠がはまったエミールの手にかけてやった。

これはこれで、容疑者Eみたいだが、目隠し拘束プレイよりはマシだと思う。

「とはいえ……これで、出発できますね」

なんだかんだと無駄なくだりが多かった気がする。だが、ようやくルイーゼはエミールをお茶会に連行、いや、連れ出すことに成功した。

ルイーゼはビクビク震えるエミールの手を握り、慎重に誘導する。

「見てください、また引き籠り姫が外に……！」

「あの令嬢、思ったよりも、やり手のようですね……」

「しかし、あの目隠しはどういうことでしょう?」

途中で貴婦人たちが奇怪なものを見る目で驚いていたが、「まあ、引き籠り姫のしつけなら、仕方ありませんわね」と、意味不明な納得のされ方をしてしまった。

ルイーゼは当然、無視した。

「さあ、殿下。着きましたわよ」

あらかじめお茶会セットを用意した場所へと辿りつき、ルイーゼはエミールの目隠しを外した。

「うっ……目にしみる」

エミールは光に戸惑い、目をこすった。

だが、やがて、陽射しに慣れて表情が明るくなっていく。

「わあ」

現れた景色に、エミールは感嘆の声をあげた。

麗《うら》らかな春の匂いに満ちた庭園。

芝桜《モスフロックス》が絨毯のように咲いている。

古代風の建築物を模した柱や壁に伝って広がるピンクや白が、麗しくも可憐で慎ましい。薔薇のような豪華さはないものの、まるで花畑にいるかのような心地である。

ここはエミールの部屋からは見えない庭だ。初めて見る光景に、エミールはしばらく、瞬《まばた》きすらしていなかった。

「外の世界は、こんなにも美しいのですよ。殿下」

ルイーゼはさりげなく手錠を外しながら、エミールに語りかける。

エミールは口ごもっていたが、やがて、「そうだね……」とつぶやいた。

「殿下の部屋よりも、王宮は広くて素晴らしいです。それでも、フランセールの国土に比べたら、微々たる大きさにございましょう。そして、この大陸、いいえ、世界は、フランセールよりもさらに広いのです」

ルイーゼはこの世界に転生してから四度目の人生だが、実に広いことを知っている。

商人として、砂漠を旅して渡った。

海賊として、七つの海を股にかけた。

騎士として、このフランセール中を駆け回った。

　それらの記憶と照らしあわせると、王宮など、本当に小さな箱庭だ。

「広い世界に生きていらっしゃるのに、ご自分の部屋に籠られてばかりでは、もったいないとは思いませんか？」

「そう、かな……うん、そう思う……でも」

「ここに咲いている芝桜にも『臆病な心』という、花言葉がございます。でも、ほかの意味もあるのです。『燃える恋』、『一筋』、そして、『忍耐』。芝桜は耐え忍ぶ花なのですわ」

　ひとつひとつの花は非常に小さく、臆病に見える。

　しかし、集まれば大輪の薔薇にも劣らない。

「殿下もいつか、誰にも劣らぬ花におなりあそばせ」

　ルイーゼの言葉が効いたのか、エミールは黙って目を伏せていた。

　太陽を必要以上に怖がる様子はない。

　それよりも、目の前の庭と、心に落ちた言葉を噛みしめている。

　ふふ。ふふふ。

　おーっほっほっほっほっ！

　やりましたわ。その気にさせてみせましたわ！　ルイーゼは高笑いしたくなる気持ちを穏やかな笑みで覆い隠した。

　詐欺師のときに学んだ花言葉戦法。

　女性を騙すときは、甘い言葉で惹きつけるのが定石だ。ときどき、男装して恋人詐欺も働いていたのが功を奏した。女性に対する口説きのセオリーを男に使うのはどうかと思ったが、構うものか。

このまま社交界デビューさせて、ゆくゆくは傀儡王に……ああ、ダメ。ダメですわ。ひとつミッションを達成したら、野心が！　野心を持っては、ダメ！　またバッドエンドフラグが立ってしまいます！

いじめっ子→小悪魔→詐欺師→極道の女→大商人→伝説の大海賊→王族の守護騎士。

過去七回の人生をふり返ると、転生するたびにランクアップしている。

ここに『真の支配者』などという職を追加すると、確実にバッドエンドを辿る気がする。なんだか、とてつもなく悪党臭がする！

今世では、ランクアップを目指さず、慎ましやかに暮らすのだ。

一介の公爵令嬢として、地味なハッピーエンドを終えてやる。

公爵令嬢の時点で、騎士階級よりも身分がランクアップしているのは、気のせいだ。考えないようにしよう。

野心と高笑いを封印しつつ、ルイーゼはエミールをお茶会の席へと誘《いざな》うのだった。

「ルイーゼ、さっきから……ちょっと顔が怖い」

「え？　そ、そんなこと、ありませんわよ」

隠しきれていなかったようだ。

「殿下が外を歩いてくれたのが嬉しかったのですわ。わたくし、大変に感激しておりますもの！」

目を逸《そ》らしながら誤魔化す。

「殿下、こちらへどうぞ」

ジャンがエミールの席を引いた。ルイーゼも着席する。

「お茶会って……なにするの？」

「お茶とお菓子をいただきながら、語らうのですわ」

「ふ、ふうん……」

咲き乱れる芝桜の甘く芳《かぐわ》しい香りが、紅茶を引き立てる。

ルイーゼは白磁のティーカップに唇をつけた。

一番、優雅に見える所作だ。公爵令嬢に生まれてから、ずっと磨いてきた。

その様を見て、エミールがぼうっとルイーゼを見つめている。

あら、わたくしに見惚れているのかしら？　などと思いつつ、ルイーゼは気にしないことにした。

自分の美貌に見惚れる男など、数えたことがない。それは、いままでに食べたパンの枚数を数えるのと同じ行為だ。

「ねえ、ルイーゼ」

「なんでしょう、殿下」

「あの、さ……その……」

エミールは少し恥ずかしそうに、もじもじと俯いてしまった。

十九の男なら、もっとキリッとできないものかと思うが、許す。それを調教、いや、教育していくのがルイーゼの役目だ。

ルイーゼはエミールを待ち、ティーカップをソーサーに戻した。カップをテーブルに置くときは、小指をクッション代わりにすると、音を立てずに済む。

「ルイーゼ、その。僕のことを殿下って、呼ぶの……やめてくれない？」

「え？　はあ……至極普通の呼び方だと思いますが、少々、他人行儀でしたか？　では、エミール殿下とお呼びしましょう」

「いや、そうじゃなくて。その、一回でいいから……ごめん、やっぱり、いいや」

なんでしょう、この反応。

はっ！　まさか⁉

ルイーゼの中にひとつの可能性が浮かんでしまう。

エミールはルイーゼに恋愛感情を抱いている？　それで、こんなにもじもじして、おかしな挙動をしているのではないか。いや、もとからおかしな言動をしていたが。

まさか？　そんな？　でも、こうなってしまえば、将来は王妃様コースですわね。そして、王となった殿下を操って、好きなように政治を……いえいえ、野心は抱いてはいけません。野心はダメ、絶対！

「なんでも、おっしゃってください。殿下はがんばってここまで来たのですから、少しくらいはワガママもお聞きしますよ。お部屋へ帰る以外！」

優しくうながすと、エミールはサファイアの瞳でチラチラとルイーゼを見る。

紅茶が冷めるほど待ってから、エミールはようやく口を開いた。

「ルイーゼは……母上に似てる、気がする……だから、その。ちょっとでいいから……一回でいいから、エミールって呼んでほしい」

「え？」

なんだ、よかった。

アッサリと恋愛感情説を否定されて、ルイーゼは脱力する。

だが、同時に不可解だった。

エミールの言う母上とは、十五年前に亡くなったセシリア王妃のことだ。

彼が四歳のときに亡くなった実の母である。その存在に焦がれるのは、そう悪いことでもない。

エミールの境遇を考えれば、不思議でもなかった。

問題は、そこではない。

わたくしと王妃様が似ている？　まさか。そんなはずは……前世の記憶を引っ張り出してみるが、合致しない。

まったく意識していなかった。

セシリア王妃は、可憐でありながら、したたかな女性だった。ひらひらと舞う蝶のような。それでいて、周囲を引き寄せる花のような……ルイーゼの記憶に残るセシリア王妃とは、そんな女性だ。

たぶん、ルイーゼとは似ていないと思う。

驚くほど自覚がなくて、ルイーゼは寝耳に水の状態であった。

「わたくし、そんなに王妃様に似ているのですか？」

「そう言われると、自信ないけど……雰囲気とか？　仕草が、なんとなく……小さいころのことだから、全然覚えていないけど」

「顔は全然違いますわよね」

「そ、そうだね……ごめん、自信がない……」

少なくとも、ルイーゼは意識してセシリア王妃を真似ようと思ったことは一度もない。

しかし、無意識に真似ている可能性は考えられる。女性として見習うべき部分が多く、とても美しい人だった。前世の自分も恋慕を抱いたほどの女性だ。ルイーゼが手本としていても、おかしい話ではない。

きっと、そうだ。

セシリア王妃は現国王アンリ三世を支えた才女として、いまも国民に語られている。

十七歳の若さで即位してしまった王のために献身した、淑女の鑑《かがみ》だ。すでにフランセールの歴史書には、彼女の名前が載っている。

十五年前に、首狩り騎士クロード・オーバンによって殺害され――ルイーゼは他人ごとのように思考していたが、違和感を覚える。

あら？

そういえば、前世のわたくし――。

だが、刹那《せつな》。

「……これは――殺気⁉」

ルイーゼはただならぬ気配を察知する。

考える間もなく、身体が動いていた。

ちゃぶ台返しならぬ、テーブル返し。ルイーゼは力いっぱいに丸テーブルを横倒しにしていた。

ちょうどジャンが紅茶を注ごうとしており、浮きあがったティーカップが顔に直撃する。彼は「よろしゅうございますッ！」という言葉とともに、仰《の》け反《ぞ》った。

ルイーゼは執事など放置して、エミールの手を引き寄せる。

半瞬遅れて、木製のテーブルに三本の投擲《とうてき》用ナイフが刺さった。

テーブルを盾にしなければ、当たっていたかもしれない。

危ない。ナイフが刺さって死ぬフラグだったか。

「な、なに⁉　ルイーゼ、これ、なにがあったの⁉」

「お黙りください、エミール様。しばしお待ちを、わたくしがお守りいたしますので」

「え？　え？　えええええ？」

「ご安心を。この国に、わたくしの敵となりそうな人物は一人、いえ、二人ほどしか思いつきません」

「ねえ、それ強すぎない⁉」

言いながら、ルイーゼは馬用の鞭を構える。

武器になりそうなものは、これしかない。こうなるなら、エミールが用意した謎の槍も持ってくればよかった。

襲撃の意図はわからないが、おそらく、エミールを狙っていたのだろう。ナイフの刺さった角度から、彼に向けて投げたのは明白だった。

昔は日常的に国王の命が狙われていたが、最近の王宮は平和だったので、油断していた。

「ジャン。わたくしが合図したら、走って助けを呼んできてください」

「お嬢さまを置いてなど……」

「行かなければ、お仕置きしますわよ」

「そのようなこと、できません！」

「……言うことを聞いたら、亀甲縛りで庭の木に一晩中吊して差しあげますわ」

「よろしゅうございます。このジャン、お嬢さまの忠実なる下僕にございます」

いろいろ突っ込みたいが、この場はこれでよしとする。

エミールが怯えながらも、「きっこーしばり？　それ楽しいの？」と首を傾げているが、無視だ。

無視。

ルイーゼは気配を読みとった。

相手は二人、か。

「ジャン、お行きなさい！」

ルイーゼは静かに命じた。ジャンは素直に走って、その場をあとにする。

同時に、ルイーゼも地を蹴った。

先ほどまで座っていた椅子を踏み台に飛びあがり、遠心力と反動を使って自らの身体を素早く回転させる。筋肉がないため、高低差と遠心力を利用するのだ。

「セイヤァァアアアッ！」

ついつい剣道のくせで気合いが奇声となって発せられてしまう。

ジャンを狙おうとナイフを構えていた男の顔を、ルイーゼの鞭が殴打した。

「ぐ、がっ……！」

眼への直撃を受けて、男が仰け反る。

ルイーゼは地面へ着地。

片足を軸に回し蹴りで男の脛を払い、バランスを崩しておいた。致命傷は与えていないが、目を潰せば、時間稼ぎになる。

まずは、一人。

あと、一人。

ルイーゼは前世で培った感覚を頼りに、自分の身体を操った。

しかし、ものの数秒動いただけだと言うのに、もう息があがっている。緊張を高めすぎた筋肉も、わずかに震えはじめていた。

「普通の令嬢じゃなかったのか⁉」

もう一人の刺客《しかく》が想定外の事態に狼狽している。

ルイーゼは意に介さず、鞭を両手で握り直す。

自然と、正眼《せいがん》の構えをとっていた。攻防に優れた、剣道の基本的な構えである。

最初の前世では剣道の全国大会で優勝経験のあるスポーツ少女だったのだ。この基本が活かされて、海賊になったときも、騎士になったときも役立てることができた。

男は長剣を鞘から抜き、容赦なく構えた。

「ヤァァァアアアッ！」

ふり降ろされる剣を避け、ルイーゼは瞬時に踏み込む。

間合いを詰めつつ、鞭の一撃を放った。

勝った。そう確信する。

革の鞭が吸い込まれるように、男の胴をとらえる。

ルイーゼの攻撃は見事に脇へ直撃した。

だが、男は苦悶の表情を浮かべつつ、攻撃に耐えている。

そのままルイーゼの華奢《きゃしゃ》な身体に蹴りを入れた。

「あ、あッ……！」

ダメだ。

鞭の一撃を体幹に叩きこんだ程度では、ダメージが足りなかったのだ。鞭は苦痛を与えるには適しているが、棒などと違って骨を折ったりするわけではない。刃もついていなかった。

ある程度鍛えている相手なら、一撃を耐えて攻撃に転じるなど容易《たやす》い。

「油断……ですわ……」

いくら勘でそれなりに戦えるといっても、ルイーゼの身体は細くて脆《もろ》い。

鍛えられた男の感覚で戦っても負けは見えている。思ったより、リーチも足りなかった。

蹴られたダメージで身体が悲鳴をあげ、立ちあがることさえできなかった。激しく咳き込むと、胃液と一緒に口の中に紅茶が戻ってきた。

剣の銀が煌めく。

ああ、これから、わたくしは刺されて死ぬのですわ。

不思議と冷静に事態を受けとめていた。

もう七回も経験した光景だ。

そろそろ慣れた。

どうせ、死ぬのだったら、もっと自由に生きたほうがよかったかしら？

七回も悪党落ちして死んだ魂だ。性根が腐っているのだろう。少し改心してバッドエンドを回避しようとしたところで、無駄だったのかもしれない。

次の人生は、どうしようかしら。

そんなことを考えている間にも、ルイーゼの瞼は重くなっていく。打撲の衝撃で、もう意識を保つのが限界だった。

「ルイーゼ……」

か細い声に呼ばれて視線を向けると、エミールが泣きそうな顔になっていた。

「ルイーゼ……ルイーゼ……！」

彼は震える身体を縮こまらせて、何度もルイーゼの名を呼んでいる。

まったく、男のくせに軟弱な王子様ですこと。

ルイーゼは静かに目を閉じる。

「ぬんっ！」

薙《な》ぐ風を感じる。

刃が風を斬る音だ。

が、どこにも痛みを感じない。

「大丈夫ですかな、ご令嬢」

低い声に誘われるように、ルイーゼは再び瞼を開ける。

銀の槍が照り、まぶしい陽射しが眼に刺さった。

刺客の男が呻《うめ》きをあげている。

石突きを鳩尾《みぞおち》にくらい、くずおれていったのだ。

「な……なに？」

ルイーゼは動かない身体で、小さく問う。すると、純白の制服をまとった男が、こちらを見下ろした。

若草色の瞳に、柔らかな赤毛。鍛えられた筋肉の盛りあがりは、服の上からでもよくわかる。

薔薇園で見た肉体美系壮年と同一人物だった。

まるで、ピンチに駆けつける王子様ではないか。

「ご令嬢、安心なされよ。このエリック・ド・カゾーランが参ったからには、虫一匹逃がしますまい」

男の胸で、飛び立つ天馬の刺繍が輝いている。

はあ……エリック……カゾーラン……。

はあ……ん？

エリック？　カゾーラン？

はあ……はあ？

はあッ⁉

カゾーランですって⁉

ルイーゼは薄れゆく意識の中で、何度も、その名を確認するように叫んだ。声は出なかったが、とにかく、夢中で叫んだ。

わたくし、この方に見覚えがありませんけど⁉　わたくしの知っているカゾーランと、全然顔が違いますけど⁉

前世の自分を串刺しにした男の顔を確かめながら、ルイーゼはそのまま意識を手放した。

3

まぶしい陽射しを背に受けて、その少女は笑っていた。

エミールを守るために勇敢に戦ってくれた。それなのに、エミールはなにもできずに、ただただ震えているだけだった。

女の子が、必死で守ってくれるのを、見ているだけ。

ほらね、やっぱり。

外は怖いところだった。

ずっと、部屋にいれば、安心で安全なのに。みんな、どうして外を平気で歩けるんだろう？

エミールはそう思いながら、ベッドに潜り込んだ。

ここが一番あたたかくて心地いい。そのまま眠りに落ちれば、独りで過ごしていたって、少しも寂しくない。

寂しくない。

寂しい？

僕、いままで、寂しいと思っていたことなんて、あったっけ？

「ルイーゼ？」

いまになって、エミールは初めて、自分が寂しいと自覚した。

これまでの人生で、独りを寂しいと思ったことはない。むしろ、誰かと一緒にいるのが怖くてたまらなかった。

それなのに、いまの自分は寂しいのだと思う。

毎日のように押しかけて、強引に窓を開けたり、掃除をしたり、挙げ句の果てには髪まで切って……そして、外の世界に連れ出した。

エミールの生活をかき乱す少女がいない事実が寂しくてたまらない。

怖くて、煩わしい存在なのに。

あれから四日もルイーゼの顔を見ていなかった。

聞けば、療養中だという。エミールを守って怪我でもしてしまったのかもしれない。

部屋の外に出るからだ。

外は危険だって言ったのに。

だから、自分は悪くない。

そんな思考に至ろうとして、エミールは首を横にふった。

ああ、違う違う。そうじゃない。

あんな女の子に守られて、僕はなにをしていたの？

震えあがるばかりで、なにもしなかった。走って人を呼ぶことさえできなかった。ルイーゼが危なくても、指一本動かせなかった。

ただ、じっと見ていただけ。

ルイーゼは、あのとき笑っていた。

目を閉じる直前の一瞬、エミールを見て微笑んでいたのだ。

どうして、あんな表情をしていたのか、エミールにはわからなかった。あんなに怖い目にあっていたのに、なぜ、彼女は笑ったのだろう？

この際、ルイーゼが令嬢にはあるまじき動きをしていたことはおく。彼女が規格外なのは、いままでにも証明されている。

いや、もしかすると、外は危ないので、令嬢でもあのくらい戦えないと生きていけないのだろうか。そういえば、以前に教育係をしていたアンティープ夫人は、ハンティングもたしなむと言っていた。

貴婦人も武人のように鍛えるのが常識……だったりしないよね？　そうだったら、やっぱり、外は怖すぎる！　無理だ！

引き籠り生活が長すぎて、なにが常識なのか、よくわからない。

「う……」

エミールは落ち着かなくなり、むくりとベッドから起きあがる。そして、おもむろに書き物机へと向かった。

ルイーゼに手紙をしたためることにした。

とにかく、なにかを伝えたかった。

内容は思いつかないけど。

ルイーゼが片づけた部屋は広すぎて、なんだか落ち着かないこと。

話し相手がいないと、寂しいこと。

あれから、一度だけ窓を開けてみたこと。

外はやはり怖かったということ。

けれども――。

けれども、また、ルイーゼと一緒に歩いてみたいということ。

外は怖い。もう二度と、あんな危ない目にもあいたくない。

だが、エミールはルイーゼの教えてくれた世界に、強く惹かれていた。いつか、もっと広い景色を見たいと望む自分がいた。


――そんな世界に生きていらっしゃるのに、ご自分の部屋に籠られてばかりでは、もったいないとは思いませんか？


「よし」

エミールはいまの気持ちを書き散らかした手紙を折り畳み、勢いよく立ちあがった。いつもより力がわいてくる。

これを、外にいる者に預けよう。

謎の襲撃があって以来、近衛騎士がいつも部屋の外に立ってくれているのだ。実行犯はとらえたらしいが、主犯については口を割らないと教えてもらった。

話しかけやすそうな人なら、いいなぁ。

そんな希望を抱きながら、エミールは、そっと、部屋の扉を開けた。

「む？　殿下、どうかしましたかな？」

ほんの少しだけ外を覗くと、大柄の男が立っていた。

純白の制服の胸に、飛び立つ天馬の刺繍が光っている。

短く刈った赤毛や、若草色の瞳は柔らかな色彩に見えるが、放つ空気は歴戦の勇士のそれだ。豪傑とは、このような人物だと示すお手本だと思った。

王族の守護騎士【天馬の剣】の位を与えられた英雄騎士エリック・ド・カゾーランである。

思わぬ人物に出くわしてしまい、エミールは「ひぃっ」と喉を鳴らす。

「む、殿下。何用ですかな？　どうぞ、このカゾーランにお申しつけください」

カゾーランは太い声で呼びかけつつ、エミールが扉を閉めるのを阻止した。

「な、ななななんでもないですッ！　ご、ごめんなさいっ！」

「左様にございますか？　しかし……殿下、大きくなられましたな！　久々にお目にかかれて、カゾーランは感激しておりますぞ！」

なんでもないと言ったはずなのに、カゾーランは一人で盛りあがって、扉をこじ開けてしまった。

若草色の瞳をキラキラと輝かせ、目尻には涙まで浮かんでいる。

「おや、殿下。なにをお持ちですかな？」

「え、え、ええべ、べ、別に!?」

エミールは手紙をうしろへ隠した。

だが、カゾーランは「むむ」となってエミールを凝視する。

「えっと……その……」

「なんでも言ってくだされ」

「な、なんでも？」

ついにエミールは観念して、手紙をカゾーランに押しつけた。

「あ、あの……手紙を、書いたんだ……ルイーゼに、いや、その、シャリエ公爵の屋敷に、届けて、くれない？」

手がガクガクと震える。

緊張で力が入りすぎているせいか、先ほど書いたばかりの手紙はグシャリと折れ曲がっていた。

「ふむ、恋文ですかな？」

「こ、こいぶ、恋文⁉　ち、ちひ、ちちちぃがうよっ！」

「おおおお、殿下。内に秘めた想いを告白なさるのですね。さぞ、勇気のいることでしょう。このカゾーラン、感無量！」

「だ、だから、ちが、ちがうっ！」

カゾーランの涙腺に訴えるものがあったらしい。エミールが否定する言葉も聞かず、カゾーランは滂沱《ぼうだ》の涙を流しはじめる。

あまりに豪快な男泣きに、エミールは顔を引きつらせた。

ルイーゼとは違う意味で、見たことがない種類の人間だ。

「と、とにかく、シャリエ公の令嬢に、渡し——きゃっ⁉」

話している最中に、身体がフワリと浮きあがる。エミールは思わず声を裏返して、婦人のように叫ぶ。

「結構ですぞ、殿下。しかし、男児たるもの、告白は直接伝えるものです！　すぐに、シャリエ公のお屋敷へ参りましょう。なに、ご安心くだされ。このカゾーランがお供いたしますゆえ。恐れるものはありませぬ！」

「え、え、えええええ⁉　きゃ、きゃぁぁぁぁああ！」

鋼のように硬い筋肉に担がれて、エミールは甲高《かんだか》い悲鳴をあげた。

必死に抵抗を試みるが、エミールを抱える筋肉は少しも揺るがない。

「行きますぞ、殿下。しっかり捕まってくだされ！　まあ、このカゾーランが絶対に離しませぬがな！」

「むしろ、逃がして⁉」

エミールの言葉など聞かずに、カゾーランはそのまま王宮の回廊をひた走ってしまう。

「助けて！　やっぱり、外なんて怖くてイヤだぁぁぁあああっ！」

こうして、引き籠り姫は初めて王宮の外に出るのであった。


不覚。軟弱者。

貧弱！　貧弱ゥ！

柔らかいベッドで、ルイーゼはあらん限りの罵詈雑言《ばりぞうごん》を自分に浴びせた。もちろん、誰にも聞こえないよう、心の中で。

怪我はない。軽い打撲があったが、そちらはどうでもいい。

重度の筋肉痛に見舞われて、立つことすらできなくなっていたのだ。

そう、ただの筋肉痛である。筋・肉・痛！

「乗馬くらいは、たしなんでおけばよかったですわね。運動しなさすぎです……」

今世では、まったく身体を鍛えていなかった。

品行方正、聡明で儚《はかな》い深窓の令嬢を演じるために、野蛮と思われる行為はことごとく避けてきたのだ。

ものの数分戦闘しただけで、この有様である。

十歳のときに、公爵家に押し入った強盗を退治した際も、そうであった。すさまじい筋肉痛に襲われて、しばらく発熱した。

「ありえませんわ。腹立たしいですわ。ゆゆしきことですわ！」

次第に、心の中ではおさまらず、独り言が加速していく。

「わたくしが？　このわたくしが？　（前世で）剣道の全国大会優勝にのぼりつめた、このわたくしが？　（前世で）大海賊と呼ばれ、七つの海を恐怖に陥れた、このわたくしが？　（前世で）王国最強と謳われ、首狩り騎士として畏《おそ》れられてきた、このわたくしが？」

思い返すだけでも腹が立つ。

「あのような雑魚に負けるなど、腸《はらわた》が煮えくり返りますわ！　くやしいくやしいくやしい！　ジャン！　ジャン！　おいでなさい！」

叫ぶと、ジャンが入室する。

ルイーゼは、片手に持った鞭をブンブンふった。まだ少し痛いが、筋肉痛は大方よくなっている。

「はあ……はあ……ッ！　お嬢さま、よろしゅうございます！　今日は一段と、よろしゅうございますッ！」

「まだおさまりませんわ！　もう腹が立ちました。筋トレしてやりますわ！　明日から本気出しますわ！」

とはいえ、ムキムキになるとドレスが似合わない。せめて、隠れマッチョだろう。深窓の令嬢コースを逸れては、本末転倒だ。

美容と健康面にも気を遣い、無理のないインナーマッスルを鍛える運動からはじめよう。まずはバイシクルクランチで腹筋を鍛え、ウェストを引きしめる。スクワットによるハムストリングスの強化も大事だ。

今後の方針を決め、ルイーゼは闘志を燃やした。

「ルイーゼ様、大変です！」

ジャンを打ちのめしていると、メイドが入室する。

メイドは部屋の光景を見て「え？」と顔をしかめた。だが、ルイーゼが「これは健全です！」と叫ぶと「そ、そうですね」と納得する。健全なので、問題ない。

「いま、お客様が……」

「お客様？　お見舞いかなにかですか？　すべてお断りするように言ってあるでしょう」

筋肉痛で寝込んでいるなどとは知られたくない。適当に風邪を引いたことにしているのだ。

それに、あのとき王宮に侵入し、二人を襲撃した首謀者もわかっていない。

むしろ、王宮では襲撃事件の存在自体を隠蔽《いんぺい》しているらしい。

ここ数年は落ち着いているが、現国王が即位したころは暗殺未遂だの毒殺未遂だの、日常茶飯事だった。エミールの「外は怖いから出たくない」と言うのも、まったく間違った主張ではない。

「いえ、それが……カゾーラン伯爵が、王子様を抱えて乗り込んできたのです。あ、いえ、参られまして……使用人では、とても手に負えません」

「え？　誰が？　誰を連れて？」

「ですから、カゾーラン伯爵が、王子様を、連れて参ったのです。王子様は失神していらっしゃいますが……」

状況がよくわからない。

うん、わからない。

だいたい、あんな事件のあとである。エミールの性格ならば、当然のように引き籠るはずだ。今後、どのように調教、いや、教育すればいいか、ベッドの中で頭を悩ませていた。まあ、最終的に縄で縛りあげて引きずる作戦がベストだという結論に至ったが。

また、カゾーランが連れてきたというのも妙だった。

たしかに、現王国最強と呼ばれる男が一緒ならば、エミールが王宮の外へ出ても安全かもしれない。

しかし、【天馬の剣】は王族と王宮の守護を任される騎士の最高役職だ。白昼に易々《やすやす》と王宮を離れる理由など、ないだろう。

なにか、ありそう。

自然と思考が収束した。

「いいでしょう、お会いします。客人を応接間へお通ししてくださる？　殿下は、まだ気絶しているようなら、別室に寝かせて差しあげて」

「お嬢さま、具合はよろしゅうございますか？」

「まだ少し痛みますが、平気です。お客様に不甲斐ない姿を晒すのは、失礼でしょう」

ルイーゼは背筋を伸ばし、口角《こうかく》にキュッと力を込める。

いつもの気品あるシャリエ公爵令嬢ルイーゼの顔になった。

筋肉痛も歩けるほどには、回復している。

手早く支度を済ませ、ルイーゼは応接間へ向かった。

エリック・ド・カゾーラン伯爵。

文官家系の長男として育ったが、武芸に優れ、若くして近衛騎士に着任。数々の功績が認められ、【天馬の剣】の称号を授けられた天才である。

同時期に【黒竜の剣】を拝命したクロード・オーバンと並んで若き国王を支えた忠臣だ。クロード・オーバンが謀叛を起こした際には、彼を串刺しにして、鉄槌《てっつい》を下した。

絵に描いたような英雄である。

民衆からの人気も高かった。

ここまでは、ルイーゼも知っている。

前世でもそれなりに親しいつきあいをしていた。刺殺されたが。

ですが。

「やっぱり、わたくし、あの方を知らない気がしますわ」

小さく吐露し、ルイーゼは記憶を辿る。

ルイーゼが思い出せる記憶のカゾーランは、もっと……いわゆる、優男《やさおとこ》であった。チャラ男とも呼べる。

女性が好みそうな甘いマスクで、無意味な美貌をひけらかし、目に入る女には漏れなく声をかけていた。結婚を機に女遊びは途絶えたが、それでも、そのころの印象が拭えない。

剣や槍の腕も優れていたが、どちらかと言うと、策士系だ。策謀に長《た》けており、どんな苦境も覆してみせた。

それが、あんな……あんな美しい筋肉のナイスミドルになるなんて！

ルイーゼは戦慄《せんりつ》した。

彼になにがあったのだろう。あれはもう、別人ではないか。中の人が出てきても不思議ではない。

「お待たせしました」

ルイーゼはモヤッとした気持ちを抱えたまま、応接間に入る。

カゾーランは椅子に腰かけず、壁の絵を眺めていた。

純白の制服に包まれた肢体は惚れ惚れするほどの筋肉で覆われており、鎧のようだ。若草色の瞳は、熊も射殺すほどの眼光を放つ。

やはり、ルイーゼが覚えているカゾーランとは、似ても似つかない。

いや、面影はある。

髪や目、肌の色などの特徴は残っている……顔立ちも、かなりいい。

「先日は危ないところを助けていただきまして、ありがとうございます。どうぞ、おかけください。お茶を出しますわ」

ルイーゼは形式的なあいさつを述べ、カゾーランに座るよう、うながした。

しかし、カゾーランは動かない。ルイーゼをずっと見据えていた。

その視線は、明らかに若い令嬢に向けるものではない。敵意、いや、殺意のようなものを読みとって、ルイーゼはおののいた。

「ルイーゼ嬢、ひとつ、おたずねしてもよろしいですかな？」

ドレスの下を冷や汗が流れる。

これは、まずい気がする。

直感だった。

「先日、貴女が見せた身のこなし。とても、普通のご令嬢とは思えぬものでした。誰に教えを請いましたか？」

見られていた。

あのあと、すぐにカゾーランが助けに入ったので、当然と言えば当然かもしれない。

たしかに、ルイーゼは普通の公爵令嬢とは思えない立ち回りをしてしまった。

だが、あれは正当防衛だ。エミールを守るために必死で行った結果なのだ。けして、悪の道になど染まっていない。令嬢としての道から逸脱していたけれど。

「さあ？　必死でしたから……つい？」

「とぼける理由がおありか……このカゾーランが知る限り、あのような剣術を使う者は、フランセールに一人しかいないのですよ、ご令嬢」

　カゾーランの表情が凄みを増す。

　威圧感に耐えられず、ルイーゼですら息ができない。

「やはり、クロード・オーバンは生きているのですな？」

「……は？」

　カゾーランの問いに、ルイーゼは口をあんぐりと開けてしまう。

「いやいやいやいや、クロード・オーバンは死んでいますけれど」

　遅れて、ルイーゼは否定した。

　わたくし、生まれ変わりですし。第一、串刺しにしたのは、あなたでしょう⁉

　あとに続く言葉は、言えないまま呑みこむ。

　なんだか、会話が噛みあっていない気がして、ルイーゼはただただ混乱するしかなかった。

「本当に？」

「いえ、そう聞いておりますわ。あなたがクロード・オーバンを刺し殺したことは、フランセール国民ならば、誰もが知っていましてよ」

　あくまでも、常識の範囲で述べる。

　が、カゾーランを納得させるには、足らなかったようだ。猜疑の目を向けられる。

　ルイーゼの背筋に悪寒が走った。

「ぬんっ！」

唐突にくり出された拳の一撃。

ルイーゼは直感だけで、なんとかかわした。

剣で薙いだような風が発生し、威力の大きさを示す。

こんな死亡フラグは予測不能だ。筋肉痛が治りかけていた足が、再びつりそうだった。

「い、いきなり、なんなのですか！　刺されて死ぬどころか、いまのが当たっていたら、顔が潰されて死んでいましたわよ!?」

思わず突っ込むルイーゼをカゾーランが見下ろしていた。

「やはり、普通の令嬢ではありませぬな」

「普通です普通です！　とっても、普通ですわ！」

試されていたようだ。実際、あんなものを避けられる令嬢などいないだろう。ボロを出してしまったと気づき、ルイーゼは焦った。

「奴が……クロードが生きておるのでしょう！　やはり、死んではおらなかったか。ルイーゼ嬢の身のこなし、間違いなくクロードの戦い方！」

「いやいやいや、死にましたって！　きっちり死んでいますわよ！　確実に死んでいますから、濡れ衣です！　偶然の一致ですわ！」

調子に乗って受け身をとりつつ、鞭で居合いの構えまでしたのが、ダメだったのか。迂《う》闊《かつ》だ。けれども、本能的に動いてしまう。

さすがに、前世の記憶がうんぬんと言っても、信じてもらえるわけがない。

しかし、「実は教えてもらったのです」と話をあわせたところで、ややこしくなりそうだ。かと言って、誤魔化せる自信もない。

　どうして、カゾーランが王宮を離れてわざわざやって来たのかと思っていたが、こういうことか。

彼は疑念を晴らすために、ルイーゼに会いに来たのだ。

「も、黙秘権を行使しますわ！」

　ルイーゼは高らかに主張して、部屋を出ようとする。

　外にはジャンや使用人がいる。いくらなんでも、こんな話を人前でも続けたりしないだろう。

　すかさず、カゾーランが扉の前に回り込む。

　退路を断たれてしまった。

「さあ、ルイーゼ嬢。話していただこう」

「…………」

「あのとき、クロードはどこへ消えたのか。あれだけの傷を負ったまま転落したというのに、満足に動けたとも思えぬ。いかにして、あの場から影も形もなく消えてしまったのか――」

「ストップですわ！　なにをおっしゃっているのか、わかりません。わたくし、ちゃんと死にましたわよ⁉」

　前世で死ななければ、いまこうしてルイーゼは生まれていない。

　ルイーゼ・ジャンヌ・ド・シャリエという令嬢が、前世の記憶を持って生まれるなど、ありえないのだ。

　つい口を挟んだあとに、ルイーゼは失言に気づく。

「あ」

「なに⁉」

カゾーランは都合よく聞き流してなどくれていなかった。

「――わたくし、だと？」

やってしまった。

つい、口を滑らせた。

ルイーゼは自らの唇を両手で塞ぐ。これ以上、しゃべるとどんなボロが出るかわからない。

だいたい、「転生した」などという話を、易々と信じてもらえるはずがない。黙っていれば大丈夫……ではないだろうが、とにかく話すのは危険だ。

「ご令嬢、いま、わたくしと言ったか？」

ルイーゼは無言のまま首をブンブン横にふった。

現状では、正面からカゾーランと戦っても勝てない。

そこまで過激な動きなど、今世の身体ではできない。いま手元にある鞭では、この筋肉装甲を崩すことすら難しいだろう。

どうしましょう、どうしましょう⁉　もしも、クロード・オーバンがわたくしの前世だと知られたら……これは、最大のバッドエンドフラグですわ。前世のわたくし、この国では大悪党ですもの。

ただで済むわけがございません！

ルイーゼはいくら考えても、打開策を見つけることができなかった。

ああ……さようなら、今世。

こんにちは、来世。

九度目の人生こそ、まっとうに生きよう。

「まさか……ルイーゼ嬢、貴女は」

カゾーランがルイーゼの顔を凝視し、瞳を揺らしている。

涙ぐんでいるようにも見えた。

「貴女も転生者なのですか？」

「………は？」

いま、なんて？

カゾーランは鍛え抜かれた身体をかすかに震わせ、膝を折る。ルイーゼと目線の高さがあい、気まずくなってしまった。

「このカゾーラン、長い間、転生をくり返しておったが、同胞に出会えたのは、初めてである！」

うおおおおおおん。と、雄叫《おたけ》びのような声をあげて、カゾーランはルイーゼの身体を抱きあげてしまう。

ルイーゼは避けきれず、鋼鉄のような筋肉にがっちりホールドされた。

「なに？　え？　なんですの？　この展開、意味がわかりません！」

カゾーランはルイーゼを抱きしめたまま大号泣している。見事な泣きっぷりであった。エミールにも見習ってほしい。

「そうか、ご令嬢。貴女はクロードか！」

「え、え？　あ、あー……あ、はい？」

なんかもう意味わからなさすぎて、割とどうでもいい。面倒くさい。どうにでもなれ。

ルイーゼは呆気にとられて、つい肯定する。

すると、ルイーゼを抱くカゾーランの力がいっそう強くなる。

筋肉は大いに結構だが、潰されて死ぬのではないかと、ルイーゼは内心ひやひやした。それにしても、この肩メロン。最高の仕上がりである。

「そうか、そうか。クロードか！　クロード、久しいな！」

「離してくださいません？　男の名前を呼びながらマッチョが大号泣だなんて、絵面がよろしくなくてよ？」

ルイーゼはつい鞭でカゾーランの背を叩いてしまう。

「む。マッサージかな？　気持ちがよい」

「ひ弱で悪かったですわね」

鍛え抜かれた筋肉には、鞭は効かないようだ。ルイーゼはくやしくなりつつ、力の緩んだカゾーランの腕から飛び降りた。

「と、いいますか。なんですか、あなた転生者なのですか？　寝耳に水ですけれど」

「実は、な。隠しておったが、このカゾーラン。転生歴三回の熟練転生者ぞ」

「ふっ、笑わせてくれますわね。わたくし、転生歴七回、八度目の人生ですのよ。あなたは、まだまだ中堅レベルではございませんか」

「なんと！　これは恐れ入った」

うん、だいぶ意味がわからない。

整理するために、ルイーゼとカゾーランはお互いの状況を告白することにした。

「つまり、わたくしたちは転生をくり返した同志というわけですね。理由は不明。前の人生が終わったら、転生している、と。共通項は、こんなところですか。わたくしは異世界転生を経験済みですが、あなたには、まだないのですね」

「うむ。だいたい、その通りである」

「で……わたくし、ずっとお聞きしたくて、たまらなかったのですが……あなた、十五年前と比べて、見た目が変わりすぎではありませんか？」

「む。よくぞ聞いてくれた！」

言うが早く、カゾーランは立ちあがる。

純白の制服を脱ぎ捨てて、ムキムキの筋肉を惜しげもなく晒した。

令嬢の前で服を脱ぎ捨てる伯爵の図は、明らかに失礼な気がするが、筋肉が美しいので許した。この腹斜筋で大根をすりおろしたい。

「最初の人生は、一介の町娘であった。戦争に巻き込まれて死んでしまってな。二回目の人生は、騎士階級の三女に生まれた。前世の二の舞になるまいと剣術を覚えたのだが、病死してしまった。三回目の人生も、また女人であった。今度こそは、強くたくましい女子《おなご》を目指したが、悪徳領主に盾ついたせいで返り討ちにあってしまったのだ。女子の身では、いくら鍛えても限界があってな……」

なるほど。刺されて死ぬ人生をくり返しているのは、ルイーゼだけのようだ。

「こうして巡ってきた人生は、ようやっと、男！　すぐに鍛えてフランセール一の騎士となったが……慢心できぬ。あれから十五年間、鍛え続けた結果が、これよ、見よ！」

ムキッと盛りあがるナイス上腕二頭筋！　チョモランマ！

筋肉と言うよりは、鎧である。惚れ惚れする。ルイーゼも、これくらい鍛えてみたいものだ。羨ましい。

「たしかに、言われてみれば前世のわたくしに負けて、よく筋トレしていましたわね……脳筋志望の割には、昔はたいそうの女好きのようでしたが」

「女子だったころの名残で、ついな。ご婦人と話しているほうが落ち着いてしまって……だが、このカゾーラン、いまは煩悩をふり払っておる。漢にしか興味はない」

「それはそれで問題発言ですわよ」

「すまぬ。いまは妻が一番である。もう一生、遊ばぬ」

「リア充自慢もおやめになって！」

ルイーゼも、昔は男と話すのを好んでいたので、わかる。

メイドではなく、執事をそばに置いたのもそのせいだ。

こうして話していると、なるほど。彼はルイーゼの知っているカゾーランだと感じはじめていた。見た目は違うが、会話の間合いや空気は昔のままだ。

「して、クロードよ。今度は、こちらから聞きたいのだが」

「なんでしょう。あと、細かいかもしれませんが、前世の名前で呼ばないでくださる？」

「む。面目ない」

前世の記憶は持っているが、ルイーゼはルイーゼだ。もうクロード・オーバンではない。

根源の考え方や価値観は共有するものがあるが、人格も生き方も別人だ。前世の名で呼ばれても、普通に困る。

カゾーランは短く咳払いした。

「では、聞こう。ルイーゼ嬢。ずっと謎であったのだが……クロードは、何故《なにゆえ》、あのような謀叛を起こしたのだ？」

「え、それは、あれですわ。当然、――あら？」

言葉を紡ぎかけて、ルイーゼは口ごもってしまう。

話しにくい内容というわけではない。

言葉が浮かんでこないのだ。

王国の秘宝、人魚の宝珠《マーメイドロワイヤル》を奪ったクロード・オーバン。改心を訴えたセシリア王妃の首を落とした首狩り騎士。【天馬の剣】カゾーランに槍で串刺しにされて、最期を迎えた反逆者。

フランセールの歴史では、そう教えられている。

だが、わからないのだ。

前世の自分が、どうして、そんな謀叛をしたのか、まったく思い出せなかった。

なぜだろう。

前世の記憶なんて、薄ぼんやりとしている。

かつての自分はこうやって生きていたけれど、それはそれ。他人の人生を眺めているのと同じ。

その記憶に対して感情移入をしたり、気の毒に思ったりすることはあるが、所詮《しょせん》は他人ごとだ。

感情に関しては特にアッサリしているというか、抜け落ちている部分もある。

しかし、出来事は違う。

思い出そうとすれば、細かすぎない限りはだいたい覚えている。

ましてや、自分の死因などは、鮮明だった。一番目の前世に遡っても大丈夫だ。

けれども、ルイーゼには思い出せない。

七番目の前世で、どうして、自分が死ぬことになったのかが思い出せずにいた。

いまさらながら、王妃を殺したとか、串刺しになって死んだとか、今世に生まれてから伝え聞いた内容と混同している部分が多い。

「わたくしは……どうして、自分が死んだのか、はっきりと覚えていないようです」

正直なところを述べると、カゾーランは低くうなった。

「覚えていないなど、あるのだろうか？　このカゾーラン、前世の死因はすべて覚えておるぞ」

「ええ、わたくしも六番目までの前世の死因ははっきりと覚えております。でも、いまを思えば、七番目だけはぼんやりとしているというか……記憶が抜け落ちているのですわ。どうして、人魚の宝珠《マーメイドロワイヤル》を盗んだのかも、あいまいです。それに……わたくしが覚えている記憶と照らしあわせるに、前世の自分が王妃様を殺《あや》める理由が見当たらなくて」

これは前世の恥ずかしい記憶として封印しておきたいが、自分は王妃に片恋慕していたようだ。

それは間違いない。

そのせいで、息子のエミールを見ると、妙に捨て置けなくなる気持ちになってしまうのも、事実だった。

まさか、前世のわたくしは片想いに狂って無理心中を？　わたくしの前世、そこまでアホの脳筋だったというのかしら？　六回も悪党の人生を経験しながら、好きな女のために無理心中？　三流小説かなにかですか！　冗談じゃありません！　恋愛脳すぎます！

　そうだとすると、アホすぎる。

　ルイーゼは恋愛になど、一切興味関心が持てない。あんなものに、価値はないと思っていた。無理心中など、論外だ。

「そうか、やはりな」

「やはり、とは？」

　カゾーランは意味深に息をつき、紅茶のカップを持ちあげる。

　心なしか、ティーカップがミニチュアサイズに見えた。

「あの件は妙なことしかなかったのだ。このカゾーランが駆けつけたときには、王妃様はすでに殺害されていた。そして、王妃様の首を持ったクロードが立っておったのだ」

「生々しいお話ですわね」

　状況を聞いても、イマイチ思い出せなかった。そんな衝撃的な絵面を覚えていないはずがない。

　やはり、自分の記憶が抜け落ちている。

「私はクロードを糾弾し、槍を放った。クロードなら、当然避けると考えていたし、その一撃で殺すつもりなどなかった。だが、クロードは槍を避けようともしなかった。槍に貫かれた身体はそのまま窓の外へと転落したのである」

　状況を考えるに、わざとそうしたようにしか思えない。

　クロード・オーバンが、そんなに易々と死ぬはずがないのだ。仮にも、王国最強の騎士であった男である。

やっぱり、無理心中？

けれども、ルイーゼには、その説もピンとこなかった。

果たして、前世の自分は、そこまでアホだったのかと。だいたい、セシリア王妃が結婚してから、何年も経ってからの行動である。遅すぎるではないか。

「しかし、窓の下にクロードの遺体はなかった。盗まれた人魚の宝珠《マーメイドロワイヤル》とともに行方がわからなくなってしまったのだ。あの傷では生きているとは考えにくかったが、どうも不可解でならぬ」

「あら……人魚の宝珠《マーメイドロワイヤル》は取り戻されたと、教育係の夫人が教えてくださいましたわよ」

「裏切り者の生死があいまいなうえに、宝珠も見つかっていないとなれば、混乱を招くことになる。陛下のご指示だ」

「なるほど。賢明なご判断です」

王国の守護騎士が反逆し、王妃が亡くなっただけでも衝撃的なのだ。国宝が盗まれた事実など、隠しておいたほうがいい。

とはいえ、ルイーゼが生まれている以上、クロード・オーバンは死んでいる。

遺体と宝珠が消えているのは引っかかるが……。

「あの事件には、黒幕がいるのではないかと、カゾーランは考えておる。クロードは、はめられたのではないか？」

「わたくしに聞かれましても……」

ルイーゼは紅茶を口に運ぶ。

何者かが宝珠と一緒に遺体を持ち去ったのなら、説明がつく。策にはまったのだとしたら、不可解な行動にも合点がいく。

問題は、その目的。

当時の王宮はお世辞にも安全とは言えなかった。

終戦はしていたが、他国の間諜《かんちょう》が蔓延《はびこ》り、王位簒奪を狙う輩《やから》も少なからずいた。

だが、人魚の宝珠《マーメイドロワイヤル》を目的とした犯行というのが引っかかる。

たしかに、人魚の宝珠《マーメイドロワイヤル》はフランセールの秘宝であり、美しい宝石だ。魔力を宿しており、所有者の魂を永遠にすると言われている。

ルイーゼも前世で目にしたが、美しい宝だった。澄み渡るような透明度でありながら、中で波打つにように外界の光が反射する不思議な輝きを持っていた。

しかし、それだけだ。

魔力があるなど、ただの伝承である。前世の自分が触っても、なにも起こらなかった。

あれを手に入れるために、面倒な事件を起こす必要があるだろうか。凄腕の怪盗でも雇うほうが現実的である。

「どうだ、ルイーゼ嬢。前世の濡れ衣を晴らすために、協力せぬか？」

「お断りします」

協力を仰ぐカゾーランの言葉を、ルイーゼはバッサリ斬り捨てた。

「わたくし、前世の汚名など、どうでもいいのですわ。七回も悪党を経験していますもの。もう慣れております。それに……前世のわたくしは悪党でなければ困るのです。はめられた？　冗談ではありません。なにも悪いことをしていないのに刺されて死んだなんて事実を突きつけられたら、わたくし、どうすればいいと⁉　今世でバッドエンドを回避している意味は、なんなのですか！」

大いに困る。

前世は大悪党でなければ、ルイーゼが困るのだ！

前世の自分は絶対悪い奴だ。そうに違いない。なにかの拍子に野心を持って、勝手に死んだのだ。きっと、そうだ！

不可解？　知ったことではございませんわ！

「いまはエミール様の教育係をまっとうするだけです」

「ぬう。宝珠を見つければ、陛下は褒美を出してくださるぞ。王宮でも、意見を取り立ててもらえるだろう。前世については伏せておけば、悪い話でもあるまい？」

「それでも、でございます。わたくしには、関係ありません。絶対の絶対に、前世は大悪党に決まっております！　それよりも、先日の襲撃の件はどうなっていまして？　当然、間者《かんじゃ》の口は割らせたのでしょうね？」

ルイーゼは、妙な野心を持たないと決めたのだ。そんな活躍をして、政治を握れるようになってみろ。あっという間に、バッドエンドフラグが立つ。

誘惑になど、負けない。

「襲撃者の目星はついておる。だが、どうにも、裏があるように思えてな。しばらく、泳がせているところだ」

「そうですか、あいかわらず、仕事はきっちりされますのね。素晴らしい筋肉を手に入れても、ただの脳筋になり下がったわけではなくて、安心しましたわ」

「当然のことよ。誰かのせいで守護騎士の片割れが十五年も空位なのだ。仕事が二倍になって、心休まる日がなくなったぞ。胃がねじ切れるかと思った」

「……間接的に、わたくしのせいだと言われている気がしますが」

「いかにも」

「あ、はい。そうですか。すみません」

ルイーゼは軽く流しておいた。

泳がせているということは、まだ捕まえてはいないということだ。手は打っていると言っているが、油断はできない。

やはり、女子力（物理）をあげる必要がありそうだ。

今後の方針が決まり、ルイーゼは密かな闘志を燃やした。

せいぜい、地味にハッピーエンドを目指すプランに支障がない程度に鍛えよう。

4

一刻もすると、目を覚ましたエミールがジャンに連れられてきた。

「う、う……ルイーゼぇ……馬、怖かったよぉ」

未だに青い顔をしながら、エミールは涙を浮かべていた。

まったく、軟弱者にもほどがある。

ルイーゼは一発、ジャンの腹部を鞭打っておいた。「よろしゅうございますッ！」と言いながらうずくまるところまで、もはやテンプレだ。

「エミール様、落ち着いてくださいませ」

「だって、ひどいんだから……いきなり抱えて部屋から連れていかれて、馬に乗せられて……日除けの仮面も目隠しも、手錠もつける暇なくて……う、ぐうぅ……」

　カゾーランは、だいぶ強引にエミールを連れ去ったらしい。

　批難の目を向けると、カゾーランも、ちょうどルイーゼに物申したいようだった。

「目隠しや手錠などと……どのような教育をしておるのだ？」

「あ、はい。ごめんなさい。そこに関しては、言い訳させていただきますが、あなたが考えているような目的はありません。断じて！」

　サラッと爆弾を落としたエミールを恨んで、ルイーゼはベシィンッとジャンに鞭をふり降ろしておいた。うずくまった背に靴のヒールをグリグリ押しつける。

「はあッ……はあ、お嬢さま、よろしゅうございますッ！」

　こちらに関しては、カゾーランからの文句は入らなかった。

　健全な行為なので、当然である。

「だいたい、どうして部屋の扉を開けてしまったのですか。いつものエミール様なら、引き籠っているでしょうに」

　割とひどい評価だと思うが、率直に述べてみる。

　すると、エミールはもじもじと服の裾をいじり、視線を逸らしてしまった。

「なんか、寂しくて」

エミールは、手に持っていたものをルイーゼの前に差し出す。

紙切れだった。

便箋に見えるので、手紙だろうか。

しかし、強く握りしめていたせいか、クシャクシャのヨレヨレだ。手汗でインクが滲み、とても読める代物《しろもの》ではなくなっていた。

確認すると、エミールの右手はしっかりとインク汚れで黒くなっている。

「これは？」

「あ、あの、あのね、ルイーゼ。手紙を書いたんだけど……ううん、本当は手紙をカゾーラン伯爵に届けてって頼んだんだけど、その……なんか、直接伝えたほうが、いいって言われて……怖かったけど、ぼ、僕も、そのほうが、いいかなって、いまは思ってたり、して……いやでも、外には出たくなかったんだよ。怖いし。でも、でもっ、む、無理やり連れてこられたし」

エミールは身体を小刻みに震わせて、ソファの上で膝を抱えてしまった。

「う、馬って怖いね。すごく揺れるし、首がガクガクして、舌噛んじゃった……外は、王宮と違って広いね。人がたくさんいて、楽しそうにしてた。あとね、初めて河も渡ったよ。あれが、セーナ河、かな？　途中で意識がなくなったから、あんまり覚えてないけど、キラキラ光が反射して、きれいだった、かな」

エミールは自分が見た景色を伝えようと、必死になっていた。

プレゼンテーションのセオリーとして、まずは先に結論を告げるほうが効果的だ。これでは、「朝起きて～」からはじまる幼児の絵日記だろう。

けれども、ルイーゼは黙ってエミールの話を聞いてあいづちを打った。

「やっぱり、外は怖いよ。でも、ルイーゼの言う通り、とてもきれいだと、思う」

エミールはビクビクとしながら、ルイーゼを見る。

揺れ動くサファイアの瞳はまっすぐで、彼の真剣さが伝わってきた。

「ルイーゼがいなくて、寂しかった。ずっと独りだったから、こんなの初めてで……家で寝てるって聞いて、すごく心配で……僕のためにあんな事件にまで巻き込まれて、もう、来てくれないんじゃないかって、不安になって」

「エミール様……」

「ごめん。ルイーゼのこと、母上に似てるって言ってしまって。嬉しくないよね。だって、ルイーゼはルイーゼなのに、勝手に、僕が喜ぶのは、おかしいよね」

「そのようなことは――」

ルイーゼはエミールの言葉を否定しようとした。

だが、否定できなかった。

相手のことを他人と重ねてしまっていたのは、ルイーゼだって同じではないか。

勝手に前世の記憶をもとに、エミールとセシリア王妃を重ねていた。

そして、それをエミールの教育係を引き受ける理由にしていたのだ。

「外に出るのは、怖いよ。でも、ルイーゼがいないのは、もっと……イヤだ。寂しい」

胸が痛んだ。

そんなことを言われなくとも、ルイーゼはちゃんとエミールのところへ戻ってくるのに。

明日から、またいつも通りに教育を再開するというのに。

「強引だし、怖いし、泣きたくなるけど……でも、僕はルイーゼじゃなきゃ、ダメだと思う。ルイーゼが教育係じゃないと、がんばれない気がするんだ……ルイーゼ、僕の教育係、続けて、くれますか？」

馬鹿な王子様ですこと。わたくしは、ずっとあなたの教育係ですのに。こんなところまで来なくても、こちらから出向いてみせましたのに。

ルイーゼは苦言を呑みこんで、微笑を作った。

――冷たいのですね。少しは、わたくしのワガママも聞いてくださらない？

記憶が呼び起こされる。

前世の出来事だ。

あれは……セシリア王妃が懐妊し、祝いの宴が開かれる最中だった。

――もしも、この子が男の子だったら、是非、あなたに教育係をおねがいしたいのですよ、クロード。

このあとのことを、ルイーゼは覚えている。

やがて子が生まれ、エミール・アルフォンス・ド・フランセールと名づけられた。そして、王子が健やかに育った暁には、必ず自分が教育を施すと誓った。

だが、果たせなかった。

「ルイーゼ？」

エミールが不安そうに、首を傾げる。

ルイーゼは背筋を伸ばし、ソファから立ちあがった。

向かいに座っていたエミールの手を両手で握る。

「ご心配なさらずに、エミール様。わたくしは、どこにも行きませんわ」

前世で果たすはずだった教育係が再び今世で巡ってきて、ルイーゼはエミールを捨て置けなくなっていた。

どこかで責任のようなものを感じて、引き受けざるを得ない気持ちになっていたのだ。

だが、その気持ちは捨てようと思う。

前世など、ルイーゼには関係がないのだ。

わざわざ義理を通すほうが馬鹿げている。

「これからも、しっかり教育いたしますので、ご覚悟をお決めください。わたくしに、エミール様の教育係をお断りする理由はございませんよ」

震えるエミールの手をしっかり握り、ルイーゼは強く強く微笑んだ。

余話　或る騎士の追想

1

やっていることは、前世となにも変わらない。

時折、そのような感情に駆られることがある。

「そんなところで、なにをしているのですか？」

知っている少女の声だった。

背後からの声に、少年はゆっくりとふり返る。

だが、自らの身体がひどく穢れているのを思い出してしまった。

「…………」

「……わかりました」

少女は一言。

そう言って、すべてを悟ったようだった。

なにも言わなかった少女に、少年は申し訳なさを感じる。

闇に溶けそうな漆黒の髪を、夜風が撫でる。夜であっても、はっきりとわかる黒曜石の眼光は鋭く、氷の刃と形容するに相応しかった。

手に持つのは、その視線などよりもさらに研ぎ澄まされた片刃の剣である。

このフランセール王国周辺の国では見ない独特な形の剣を、彼は『刀』と呼んでいた。

「俺は番犬ですから」

自嘲気味に笑い、少年は刀に付着した緋《ひ》を払った。

左手に提げていた人間の首を、無造作に地へ放る。

「あがってください、湯をわかしましょう」

「井戸の水で結構です」

「風邪を引きますよ」

ああ、もう放っておいてほしいのに。

少年は煩わしく思いながら、刀を鞘におさめる。

自分には爵位がない。このロレリア侯爵の城で、護衛のような役回りを任されている、一介のゴロツキ。そんな身分だ。

齢十三という歳のせいか、見世物のように披露される機会はあるが、それだけである。

所詮は人殺しだった。

いまだって城への侵入者の首を、警護という名目で落としたばかりだ。

由緒ある侯爵令嬢が気にかけるべき相手ではない。

「クロード、待ってください」

名を呼ばれるが、少年は立ち止まらない。

だが、不意に軽やかな足音が聞こえ、手を触れられる。

少年――クロード・オーバンは、とっさに少女の手を払いのけた。

「……貴族の令嬢が触れないほうがいいですよ」

自分に触れると、少女の手も汚れる。クロードはどうしたものかと、困惑してしまう。

しかし、少女はまるで悪戯を働いたかのように軽く笑って、舌先を見せた。

「おそろいです。一緒に手を洗いましょう。水でいいのですね？」

少女は、もう一度クロードの手を引く。

無邪気、無垢、天真爛漫。

そんな性格の少女ではないと、わかっている。

むしろ、彼女は強い。強く、気高く、そして誇りを持っている。自分とは、遠い存在だ。それなのに、無邪気さを装って笑っている。

屍の転がる、こんな惨状だというのに。

「わかりました。湯を貸していただきます」

クロードは観念して息をつく。

この少女は、「こうすれば、クロードが言うことを聞く」というのがわかっているのだ。手玉にとられている気がして面白くない。

「ふふ、またわたくしが勝ちましたね。クロード」

「……毎回、勝負しているわけではありません。あと、臣下を名で呼ばないほうがいい」

「では、わたくしのことは、セシルと呼んでください。みんなにも、そう呼ばせています」

「人の話を聞いていますか？」

「あら、都合の悪い話は聞こえない女なのですよ、わたくし」

　くるくると表情が変わるサファイアの瞳で、少女——セシリア・テレーズ・ド・ロレリア侯爵令嬢は笑った。

　美しいが、したたかで、棘《とげ》の存在を匂わせる薔薇だ。

　闇の中で麦穂色の髪がはらりと肩へ落ち、十三とは思えない色香を感じる。

「なぜ、俺を気にかけるんです？」

　湯の張られた桶で手を洗いながら、クロードは問う。初めて声をかけられたときから、不可解だったのだ。

　セシリアはポカンとした様子で、首を傾げた。

「あら、気づいていないの？」

「なんのことです？」

　セシリアは、数秒考えて、改めて口を開く。

「……特に理由はありません。同い年なのに、すごい子がいらっしゃると思うと、声をかけずにいられなくなりました。あなた、とてもすごい子なのよ。気づいていないの？」

　なにか含みがありそうだ。

　けれども、クロードは追及せずにおいた。どうせ、聞いても意味がない。

「ねえ、クロード。あなたは、きっと強くなるわ。このような小さな領地ではなく、フランセールや大陸に名前を残すと思うの」

「そんな、大袈裟《おおげさ》ですよ」

クロードは軽く笑う。

自分には、過去六回分の前世の記憶がある。

そろいもそろって悪人で、いつも刺されて死んでいた。たぶん、今世でもそうなる。

しかし、セシリアはそんなクロードの事情など知らず、話を続ける。

「大袈裟ではなくてよ。必ず、クロードは、もっと強くなる。そして、多くの命を救ってくれます。そう思いますわ」

救う？　俺が？　なんの話だ。

クロードは怪訝《けげん》に思って眉間にしわを寄せる。

「あら、違うのかしら。いつも、わたくしたちを守ってくれていますもの」

ああ、なんだ。

そんなもの、仕事だからに決まっている。自分はロレリア侯爵家に雇われた身分で、相応の報酬をもらっているのだ。

当たり前だから。

そのうち、機を見て財貨を奪うか、権力を手に入れるための足がかりにでもしてやろう。と、野心を抱くようになるのも時間の問題かもしれない。この令嬢を、自分の手で殺すことになるかもしれない。

自分は性根の腐った悪党の魂を持っているのだ。

他者を蹴落とし、自らが利を得ることにしか興味がないのだと思う。これまでの前世がそうだったように、自分もそうであるに違いない。

いまはそう思っていなくても、いつか。

そして、また刺されて死ぬだろう。

もしかすると、自分に刃《やいば》を立てるのは目の前で笑うこの少女かもしれない。

「だからね、クロード。あなたは、きっと孤独ではなくてよ」

湯で血を落とした手を握りながら、セシリアが笑う。

いままでに見たことがない切なさと、儚さをまとっていた。

どうせ、俺は悪党だから。

また刺されて独りで死んでいく。

今回も、八回目も、その先も、ずっと――。

それなのに、

「……セシル……」

いつの間にか、クロードはその名をつぶやきながら、手を握り返していた。

自分がどのような表情をしていたかは、あまり覚えていない。

ただ、そのときから、セシリアを「セシル」と呼ぶようになっていた。

2

十五になった時分、クロードは王宮へ召喚された。

このとき、フランセール国王シャルル二世が崩御し、まだ歳若いアンリ三世が即位することとなったのだ。

たった十七歳の国王誕生に国内外ともに揺れた。そして、これを機にフランセールの土地をかすめ取ろうと、諸外国が次々と宣戦布告したのだ。国内貴族の中にも、反旗を翻して独立を宣言する者まで現れる。

四正面作戦を強《し》いられたフランセールでは、明らかに人員が不足していた。クロードもロレリア侯爵から兵を与えられ、新国王軍への加勢を命じられた。

わずか十五歳での異例の指揮である。

結果、見事にクロードは勝利した。

二千の軍で一万五千の侵略軍を蹴散らした天才的な騎士を、王宮の重鎮たちが見逃しはしなかった。

すぐに王都へ呼び戻され、史上最年少での近衛騎士叙任が決まる。

「お久しぶりです、クロード！」

久々にロレリアへ帰還したクロードを、セシリアが迎えた。

セシリアは無垢な笑みを浮かべて、クロードの胸に飛び込む。その無防備な振る舞いにクロードは面食らったが、しっかりと、細くて軽いセシリアを抱きとめた。

「はしたないですよ……」

「いいではありませんか。きっと受けとめてくれると、わかっていましたから」

信頼されているようだ。

セシリアはクロードを見あげた。

だが、クロードは胸の内に燻《くす》ぶるものを感じる。

それは、きっと、セシリアが寄せる彼への信頼を裏切るものだ。

しかし、それは、いまのクロードを今世に繋ぎとめているものでもある。

自分がたまらないほどセシリアを求めているのを、気づいているだろうか？

このまま連れ去ってしまいたいと思っているのを、気づいているのだろうか？

彼女のことをセシルと呼ぶようになったあの日から、いままで、ずっとだ。

どうせ、今世もすぐに終わる。

人の恨みを買って、刺されて死ぬのだろう。

そうあきらめて、いつ手放してもいいと思っていた人生に、しがみつく理由だ。

城までの道のり、クロードはセシリアを愛馬に乗せた。少しの距離だが、貴族の令嬢を歩いて帰らせるものではない。

「ふふ、ドロテもいい子ね」

馬を撫でながら、セシリアは嬉しそうにしていた。

セシリアは勝手に、クロードの馬に名前をつけている。この馬は、ロレリア侯爵がクロードに兵を任せるときに買い与えた馬でもあった。

馬は首に抱きつくセシリアの髪を、ムシャムシャと食べている。こいつには、撫でる人間の髪を食べる悪癖があるのだ。被害にあわないよう、クロードは極力、甘やかさないことにしていた。

「セシル」

「どうしました、クロード？」

クロードは馬の手綱《たづな》を引いて歩きながら、セシリアを見あげた。

「あなたの十六の誕生日に、伝えたいことがあります」

それが許されるのかどうかは、わからない。

まだ内々の話だが、クロードは地位を手に入れる。

ここ数十年、騎士の最高位である王族守護騎士【双剣】が、老騎士の名誉的役職と化していた。

だが、戦《いくさ》のない時代と状況は変わっている。

戦を勝ち抜くために、王宮では【双剣】の地位に若い者を据えようと考えていた。

【黒竜の剣】には、クロード・オーバン。【天馬の剣】には、エリック・ド・カゾーランという二名が推薦されていた。もう一人、名前が挙がった男がいたが、あれは大変な偏屈だ。自ら辞したらしい。

国王の左右に並び立つ栄誉が与えられる。守護騎士に選ばれたら——目の前の令嬢を自分のものにしても、許されるのではないか。

そんな甘い夢。

「十六歳？　いまでは、ダメなのかしら？」

「いまでは、まだ早いのです」

「そうですか？　では、のんびりと待つことにいたしますわ」

セシリアは馬上で足をブラブラとふり、無邪気を装う。

これは、計算されている表情だと、感覚的にわかった。セシリアは計算された淑女の顔と、無邪気な少女の顔を巧みに使い分けるのだ。

世間知らずの令嬢も、気品のある貴婦人も、どちらも演じることができる。その二面性こそがセシリアのアイデンティティだと、クロードは知っていた。

相手によって、その場面によって、一番効果的な自分を見つけている。

しかし、どちらのセシリアも嘘ではない。彼女は正直な人間でもあった。

「てっきり、いま、結婚を申し込まれるのだと思っていましたわ」

セシリアの一言に、クロードは息が止まった。

戦場で頭のすぐ横を矢がかすめるときに近い、ゾクリとする感覚。鼓動が耳まで届くほど、焦っている。

「嘘にございますわ。からかって、ごめんなさい」

セシリアはそう言って笑うと、馬の首を軽く撫でる。

馬が止まったのを確認すると、セシリアはクロードに手を伸ばした。いつの間にか、ロレリア城の前だ。手をとって、降ろしてやらねば。

セシリアは地上に降り立つ天使のごとく、軽やかに馬から飛び降りた。

「ありがとうございます、クロード。来年を楽しみにしておりますわ」

クロードの手を離しながら、セシリアは純粋な笑みを浮かべた。

3

一年後の春。

セシリアの誕生日、クロードはロレリアへは帰ることができなかった。

異国の侵攻が激化し、防衛しなければならなかったのだ。すでに【黒竜の剣】を拝命したクロードには、出陣を拒否できない。

それでも、期待があった。

セシリアが自分を待ってくれると、確信にも似た期待があったのだ。


しかし、セシリアはクロードのものにはならなかった。


政略結婚だった。

ロレリア侯爵領はフランセール王国に属すが、もともとは隣国グリューネ王国の領土である。

グリューネ側からロレリアの割譲を条件に休戦すると提案されていたが、フランセールはこれを拒否。そして、ロレリアと王族との結びつきを強めるために、婚姻が結ばれた。

セシリアは王妃となったのだ。

王妃になっても、セシリアはセシリアのままだった。無邪気な一面もある。クロードが欲していた彼女のままだった。だが、そこに並び立つのは自分ではない。

政略結婚ではあったが、セシリアが不幸には見えなかった。

国王夫妻は当初、ぎこちなかったが、次第に仲睦まじく過ごすようになる。国王は妻を溺愛していたし、王妃は夫を献身的に支えた。

その姿を見ていると、クロードの感情も薄れていった。

最初から手に入らなかった、高嶺の花だとあきらめればいい。むしろ、かつて好きだった女性を守る任に就いているのだから、贅沢なことかもしれない。

そう思うようになった。

月日は流れる。

今宵は、王妃の懐妊を祝う宴が開かれていた。

結婚から三年目のことだ。

戦中のため、王宮では節制が命じられていた。けれども、この日ばかりは華やかに彩られ、煌びやかな紳士淑女がダンスや談笑に興じている。

会場から離れ、バルコニーでクロードは一息ついた。

社交界は苦手だ。

職務上、仕方なく出席しているが、あいさつ回りは性《しょう》にあわない。会場の警備に就きたかったのに、慣例だのなんだのと、肩の凝る派手な服まで着せられた。

「ここにいましたの？」

意識の外から声をかけられて、クロードは崩していた姿勢を正す。

面倒くさい。

「あ……」

しかし、声をかけてきた人物を見て目を瞬く。

本日の主役であるはずのセシリアがそこにいた。

「どうしました。主役が抜けては、皆が探しますよ」

「少し疲れました。夜風に当たりたくなっていたら、クロードを見つけたのですよ」

妊婦って、大変なのよ。

そう笑いながら、セシリアはクロードの隣に立つ。

麦穂色の髪が、光を集めて夜でも優しい色あいだった。サファイアの瞳は、あいかわらずしたたかだが、無邪気で、心をなかなか読ませてはくれない。

だから、このあとの言葉をクロードは想像していなかった。

「わたくしね、てっきり、あなたと結婚するのだと思っていたのよ」

そんな爆弾を落として、セシリアは無邪気を装って笑った。

セシリアはいつだって、予測できない。慣れている。

なのに、言われた瞬間、心臓が止まるかと思った。

「王妃様が、そのような戯《ざ》れ言《ごと》を易々と口にすべきではないかと」

平常心を装いながら、クロードは逃げるように視線を移した。

「あなたが誰にも言わなければ、きっと、独り言になりますわ」

「誰かに聞かせる言葉を、独り言とは呼びますまい」

「だって、アンリ様には言えない内容ですもの。昔の話などすると、すねてしまいますわ」

昔の話、か。

まるで、傷口に指を入れ、穴を広げられていく気分だった。

忘れかけていた痛みが、身を裂くように蘇る。

セシリアはずっと変わっていない。いまだって、クロードが激高して首を絞めるだとか、人には言えぬ方法で辱《はずかし》められるだとか、そんなことは考えていないのだろう。

そして、そんな暴力を考えつくが、実行しようとは露ほども思えない自身のことは棚にあげる。性根の腐った悪党の魂を持って転生したのに、不甲斐ない話だ。

「ねえ、おねがいをしても、いいかしら？」

「お断りします。王妃様のおねがいは、たいてい下心がございますから」

「まあ、ひどい。冷たいのですね。少しは、わたくしのワガママも聞いてくださらない？」

ロクなおねがいではないだろう。いつもそうだ。

セシリアはその強さと、無邪気さでクロードを惑わせる。

まるで、麻薬のようだ。

忘れかけていても、触れるとすぐに欲しくなってしまう。

「もしも、この子が男の子だったら、是非、あなたに教育係をおねがいしたいのですよ、クロード」

セシリアは、まだ膨らんでいない腹を撫でながら笑った。

クロードが見たことのない顔だった。貴婦人のような気品や強さではなく、少女のような無垢な愛らしさでもない。

無償の愛《いと》しさにあふれた母親の顔だった。

「……俺ですか？　慣例では、ご婦人のはずでしょうに」

クロードは言葉を濁すので精いっぱいだった。視線を逸らしたかったが、自分の知らないセシリアから、逃げられない。

人魚の歌に魅入られた船乗りのように、危ないと知りながら、先へ進んでしまわずには、いられなかった。

「よいのです。礼儀作法は、わたくしでも教えることができます。それよりも、この子には強くなってほしいのです。誰よりも強く、賢く……この子が守りたいと思ったものを守れる強さを、教えてほしいの」

セシリアはそう言って、クロードの右手をつかむ。

しかし、クロードは反射的にセシリアの手を払ってしまう。

「俺は首狩り騎士ですよ。王妃様が触れる価値などない、穢れた人殺しの手だ」

敵軍の首を刈り取って嗤《わら》う悪魔。首狩り騎士。

いつしか、そんな名がつけられていた。

真面目に今世を過ごしているつもりだが、やはり、性根は悪党と変わらない。

セシリアの結婚が決まったときも、そうだ。腹いせに最前線へわざわざ出向き、一人で何人の首を落としたかわからない。そんな行為に走るような人間はひどく愚かで、どうしようもない悪党だと思った。

「あなたは自分の手を人殺しの手だと言いますね。いつかも、そうでした。でも、わたくしには、その手が殺すばかりだとは思えなくてよ」

セシリアは、もう一度クロードの手を握った。

今度は、両手で包みこまれる。

まるで、泣いている子供をあやすような目で見られて、クロードは、抵抗を忘れてしまった。

「その手は、我が国を守り、我が民を守る手です。異国の侵略を阻《はば》み、大切なものを守る、愛すべき手です。わたくしは、あなたの手と剣を愛していますよ」

王妃としての言葉だ。

裏も表もない。純粋に国を思い、愛する者の言葉だった。

セシリアは、ここにいる。いまここで、クロードの手を握っている。

それなのに、すでに手の届かないところへ行ってしまった。

もう少しでつかめると思っていた。

あのとき、機を逃さなければ——そんな後悔ばかりしていた。

それはおこがましい妄想だ。

彼女は一介の騎士の妻でおさまる人間ではない。最初から、こうなる人生を運命づけられていたのだと思う。

「セシル」

　久しぶりに、その名で呼ぶ。

　クロードはセシリアの手をとったまま、片膝を折った。

「愛してた」

　儀式のように淡々と告げる。

　セシリアは少し驚いていたが、やがて唇に微笑を描いた。

「そうね。わたくしも、きっと初恋でしたわ」

　互いに過去形で愛を交わす。

　けれども、これは決別の儀だ。

　この王妃はクロードの未練になど、とうに気づいていた。だから、わざわざ、こんな仕事を頼みに来たのだ。

　クロードを今世《ここ》に繋ぎとめるために。

　つくづく、彼女にはかなわない。

「生まれてくるのが王子であったなら、このクロード・オーバン。謹んで、教育係の命をお受けしましょう」

　白く細い指先に唇を落とす。

　忠実なる、フランセールの騎士として。

余話　或る国王の花嫁

1

それは政略結婚だった。

愛も情もなく、ただ利害だけで結びつく婚姻である。

淡々と、粛々《しゅくしゅく》と執り行われた、世継ぎを残す目的の儀式。結婚式で隣に並んでいた花嫁がどんな顔かも知らない。

ただ、この花嫁との子を成すのが、国王としてのアンリに与えられた新しい義務なのだと理解するだけ。

一年前、十七歳で突然転がり込んできた王位は、義務のひとつでしかなかった。

王位継承者に生まれたことで発生した義務だ。帝王学、教養、作法、思想、すべてが上から与えられ、こなすように強いられた義務であった。

そこに、国王という義務が加わっただけだ。

継承戦争という問題が起こり、それを解決する義務。内政によって民衆を従わせる義務。玉座で臣下の統制をはかる義務。ありとあらゆる義務が付随したが、あまり関係なかった。

ただこなすだけ。

それしか求められていない。


「お待ちしておりましたわ、陛下」

寝室で待っていた花嫁は、慣例通りに白い寝衣に身を包み、顔をレースのベールで覆っていた。

「顔を」

アンリはベールをとるよう、うながす。

ロレリアから来た花嫁は指示通りに顔を見せた。

柔らかな麦穂色の髪が肩からこぼれる。

伏せられていた瞳の色彩はサファイアのようにも見えた。顔立ちは十六の娘らしく、ややあどけない。しかし、表情や立ち振る舞いから高貴さと、したたかさが読みとれる。

賢い娘なのだろうと直感した。

だから、アンリは彼女の言葉に落胆した。

「陛下、まずは少しお話いたしませんか？」

婚儀を交わした者たちにとって、初夜は最初の義務だ。それを先延ばしにするような言い回しに、アンリは内心苛立った。

どこぞの勘違い甚だしい田舎娘を娶《めと》ってしまったらしい。

「必要ない」

「必要ないのですか？」

花嫁はキョトンと目を丸め、首を傾げた。最初は聡そうな女だと思っていたが、そうでもないようだ。

「そなたの義務がなんなのか、理解していれば必要ないはずだが」

「理解しておりますとも。陛下の子を産むことでしょう。王位を継げる王子であれば、尚よしと考えておりますわ。できれば、何人かいたほうが喜ばれるかもしれませんね。この世界には疫病なども数多く存在しますから」

「だったら」

「だからこそ、にございますわ」

花嫁はそれまでの純粋な笑みを消し、代わりにしたたかな微笑を描いていた。まるで、人の心を見透かしてくる不思議な視線だ。

アンリは思わず怯《ひる》み、言い返せなくなる。

「前時代的とは感じますが、政略結婚ですもの。わたくしたちに愛がなくとも、それはそれでよろしいと思いますわ。そういうものですから。相性もございます。実際、わたくし、いまのところ陛下のことは、そんなに好きではありません。むしろ、少々毛嫌いしております」

「……は？」

この女、なにを言い出すのだ。

いきなり、夫を嫌いだと宣言する花嫁がどこにいるのだろう。ましてや、自分は国王なのだ。ここまで言われる謂《い》われはない。

それでも、花嫁は饒舌《じょうぜつ》だった。

「王妃になったからには、やはり、役割は果たすべきです。好き嫌いは言えません。夫婦は仲睦まじく見えたほうが国民も安心しますよね。努力しますが、最終的に好きになれなければ、演技力が必要になります。わたくし、演劇は見る専門ですから、あまり自信がありません……あと、子が生まれた場合、家庭が荒《すさ》んでいると健やかに育たないかもしれませんわ。どうせなら、優しく国民を想いやれる、賢い王子のほうが陛下も嬉しいでしょう？」

捲《まく》し立てられて、アンリは一歩ずつうしろへ下がった。

花嫁は逆に距離を詰めてくる。

「義務を義務としか思わず、ただ果たせばいいと考える王は、愚王にございましょう？」

なにを、言っているのだ。

アンリには、わからなかった。

いや、その言葉を思考の外へ追いやろうとしていた。

「義務を与えられている、と考えている者が、人の上には立てませんもの。それでは、ただの人形ではございませんか？　この国を操るのは、いったい、どなたになるのでしょう？」

「誰に向かって……」

「あら、将来生まれてくる王子のお話ですわ。誰も陛下のお話など、しておりませんよ？」

人の心を見透かすみたいに、花嫁は笑った。

それが嘲笑《あざわら》っているように見えて、アンリは恐ろしく感じる。

「なにが――」

今日、会ったばかりの女。

昼間に式を挙げ、そこで出会って、いま、ここで初めて言葉を交わしただけの女。

それなのに、どうして、彼女はこんなにもアンリに踏み込んでくるのだろう。

アンリには、この花嫁の心がなにひとつ読みとれないと言うのに。

「私のなにがわかる」

そう言い捨てて、アンリは部屋をあとにするしかなかった。

与えられた義務を放棄したのは、これが初めてだった。

2

「あら、陛下。おはようございます。よく眠られましたか？」

朝食の席には、すでに花嫁がついていた。

彼女は、何事もなかったかのように平然と振る舞い、アンリが現れるのを待っていたのだ。

「陛下、昨日は別々でお休みになったのですか？」

少々心配した様子で、侍従長が声をかけた。

アンリはどう言い訳しようかと、途方に暮れる。

まさか、花嫁が気に入らなかったので、逃げたとは言えない。しかし、アンリが初夜を放棄して部屋を出たのは、王宮の誰もが知るところであった。

「申し訳ありません。わたくしの身体が整っていなかったのですわ。お察しくださいませ」

花嫁は申し訳なさそうに腹部をさすり、侍従長に軽い目配せをした。

侍従長は「あ、あー……そうでございますか。それならば、仕方ありますまい」と、言葉を濁して納得していた。

息をするように嘘をついた花嫁を、アンリは睨《にら》んだ。

だが、花嫁は涼しい顔のままである。

「代わりに、しばらくは毎晩、一緒にお話してくださると、陛下にお約束していただきましたの。王都はロレリアとは随分違いますので、わたくし、不安で……」

そんな約束など、交わしていない。

勝手に話を進める花嫁の言葉を否定しようとしたが、侍従長が「そうでございますか。ようございますな！」と感心しているので、黙るほかなかった。


その晩も、アンリは花嫁の寝所へ、お話に行かなければならなかった。

できれば顔も見たくなかったが、アンリの失態を誤魔化してもらった手前、行かないわけにもいかず。

「こんばんは、陛下。どうぞ、おかけになってくださいな」

花嫁は今朝と変わらぬ笑みでアンリを迎えた。

あいかわらず、人の心を見透かすような、それでいて、自分の心は読ませない。得体の知れない不気味さだった。

「なにを話せばいい」

「では、陛下のお好きなものを教えてくださいませ」

「特にない」

「嫌いなものは？」

「特にない」

「好き嫌いがないのは、結構ですこと。では、花は？」

「興味がない」

「あら。そうですか……でも、このやりとりは不毛ですね。埒《らち》があきませんので、わたくしの好きなものを話すことにいたしましょう。ロレリアの話でいいですか？　わたくし、他の土地に出たことがなくて。まあ、あそこもフランセール領ですもの。陛下も、お知りになったほうがいいですよね」

　宣言通り、花嫁は好きなように語りはじめた。

　主《おも》に、出身であるロレリア侯爵領の話だった。一人でしゃべらせていると、本当によく口の回る女だと、逆に感心する。悪い意味で。

「そんなにロレリアが好きなら、同郷の者と話せばよかろう。オーバンやサングリアはロレリア出身だったはずだが」

「クロードもセザールも、大変親しくさせていただいておりますよ」

　一瞬、誰のことかと思った。遅れて、両名の名だと思い出す。

「……臣下を名で呼ぶのか？」

「わたくしの名も、愛称で呼ばせております。そのほうが親しくなれるでしょう？」

　アンリにはない価値観だった。

「セシリアを縮めて、セシルです。城の者も、みんなそう呼んでくださいました」

　ああ、そういえば、彼女はそんな名前だったか。

　ロレリアから来た花嫁としか認識していなかった。

　アンリは自分が彼女の名前を忘れかけていたことに、いま気づく。

「陛下はいろいろ無頓着ですわね」

「は？」

「だって、わたくしの名前、いま思い出したのでしょう？」

　まただ。

　また、アンリの思考を言い当ててしまった。

　口を開けて黙っていると、セシリアはしたたかで魅惑的なサファイアの瞳を近づけてきた。

　口づけでもしそうな距離まで顔を寄せて、彼女はニッコリと笑う。アンリは動きを忘れた。

「仕返しですわ」

　言いながら、セシリアは近づけた額をアンリの額に打ちつけてきた。

　唐突に頭突きをくらい、アンリは顔を仰け反らせて床へ倒れてしまう。

　剣術は基礎教育として学んでいるが、運動は得意ではない。女からの一撃とはいえ、それなりの激痛が走った。

「うう、痛いのですわね。初めてやってみましたわ」

　本人も痛かったのだろう。セシリアは額を押さえていた。

「わけがわからぬ……痛いではないか！」

「痛くしましたもの。これでも、陛下の仕打ちに傷ついておりますので」

「そなたのすることは、本当にわけがわからぬ。意味のないことばかりだ」

「あら、意味はありますのよ？」

セシリアは、再びアンリに顔を近づける。

もう一度頭突きが来るのではないかと身構えたが、彼女はその場で静止したままだった。

「無関心は人を傷つけますのよ」

無関心？　私が？

反論しようとしても、声が出なかった。

「陛下は自覚しておりません。あなたは、わたくしにも無関心。国にも無関心。そこに暮らす民にも無関心ではありませんか。ただ、与えられた義務を果たすだけ。いずれ、その無関心は災いを呼びますわ」

セシリアの言葉に、アンリはひとつも反論できない。

「痛みを知らず、考えることを放棄していては、いつか身を滅ぼしますわよ」

セシリアは床に座り込んだアンリの前で膝を折る。彼女はアンリのブルネットの髪を指先で分けると、頭突きで赤くなった額に触れた。

ジンと痛む感覚が、少し和《やわ》らぐ。

なぜだか頭が冴えている気がして、妙な気分だ。

「……どうすればいいと言うのだ。私にどうしろと？」

疑問が声になってこぼれた。

セシリアは、アンリの額を撫でるばかりだ。

これだけ言ったのだ。答えをくれてもいいのではないか。

アンリは批難のまなざしを向ける。

「いますぐ、どうこうするものではありませんわ。まずは、お知りくださいませ。関心を向けてくださいませ。そうすれば、見える答えもございましょう」

セシリアはアンリに答えを与えてはくれなかった。

いや、それは彼女にもまだ見えていない答えだったのかもしれない。「一緒に探そう」と言われている気がして、アンリは目を伏せる。

「そなたから見て、私は愚王か?」

「そうなるかもしれませんし、そうはならないかもしれませんわね。まだ経験が足りません」

「…………」

「わたくしにできるのは、支えることだけです」

与えられた義務を果たしていれば、誰からも文句を言われない。

だが、アンリが自ら考え、なにかを成したことが、あったか。

会話ひとつでもそうだ。好きなものを問われ、「特にない」と答えたのは、煩わしかっただけではない。なにも浮かばなかったからだ。

アンリには、自分というものが欠落しているのだと、いまごろになって気づいた。

自己が欠落している人間に、他者への興味がわくはずがない。

「――殴ってくれて、構わないぞ」

気がつけば、そんなことを言っていた。

アンリはようやく視線をあげ、セシリアを見る。セシリアはキョトンと首を傾げ、目を瞬きさせていた。魔性にも似たしたたかさを見せるかと思えば、こんな純粋な表情もするのか。

「私がなにか、そなたの気分を害したときは……その、殴ってくれ」

「はあ……よろしいのでしょうか？」

「よい……私には、まだ他人の気持ちや痛みとやらに、自分で気がつけそうにない……」

セシリアは戸惑った様子で、手を引っ込めてしまった。

額に触れる手の温もりが消え、アンリは寂しさのようなものを覚える。

「では……遠慮なく」

再び、セシリアが腕を持ちあげた。

「がっ……！」

顔面に強烈な衝撃が走る。

信じられない勢いで頬を打たれ、アンリは混乱した。

「これは、式のときに一度もわたくしの顔を見なかった分ですわ」

続いて、左からも、すさまじい平手打ちが炸裂する。

「昨晩の分にございます。あと……」

「ま、まだあるのか⁉」

「朝食の際に、わたくしに嘘をつかせた分がございますが？　機転を利かせて、陛下が誤魔化してくだされば、殿方相手にあのような恥ずかしい言い訳をしなくて済みましたのに……どうしますか？　発言を撤回いたしますか？」

「そ、そうだったな……よ、よし。よいぞ。どこからでも来……ぐあっ！」

平手打ちを覚悟していたところに、鳩尾への一撃。

婦人にしては力強い拳を受け、アンリはうずくまる。おまけに、しゃべっている途中だったので、舌まで噛んだ。

「大丈夫ですか？」

さすがにやりすぎた自覚があったのか、セシリアは心配そうにアンリの背中をさすった。

「大事ない。大事ないぞ……まだ足りぬぐらいだ」

「そんなご無理をなさらなくても。これからは、そっと教えて差しあげますので、こういうのは、やめませんか？」

「いや、よい」

アンリはセシリアの手をつかみ、自分のほうに引き寄せる。

セシリアの身体は呆気なくアンリに捕まり、腕の中におさまってしまった。女らしい細くて柔らかい身体が腕の中で、かすかに震えている。

「まずは、早く知りたいのだ。そなたのことを、早く理解したい」

いまのアンリは、なにもかもが欠落している。なにをどうすればいいのか、わからない。

だから、目の前にいる花嫁を理解するところから、はじめよう。

魅惑的で、したたかで、それでいて純真な、さまざまな色を見せる彼女を、理解してみたいと思ったのだ。

　いままで生きてきて、初めて、自分から興味を持った人間を。

「では、お話しましょう。わたくしも、早く陛下を知りたいです」

「なにを話せばいい？」

「それは、陛下が考えるのです。レディにエスコートさせる男は三流ですわ」

「……辛辣《しんらつ》ではないか？」

「教育です」

　肩を抱こうとした手をつかまれ、あらぬ方向へ捻られてしまう。また傷つける言葉を言ってしまったらしい。

　アンリは涙目になりながらも、軽く笑ってみた。

　この痛みさえ、彼女を理解するためには愛おしく思えてくる。

「まずは、お名前で呼んでもよろしいですか？　わたくしのことも、セシリアとお呼びください」

「わかった、セシリア」

「ふふ、アンリ様が笑うところ、初めて見ましたわよ」

　セシリアは優しく笑いながら、アンリの顔に触れた。

　殴られて痛む頬に、人の体温が灯《とも》る。

「生まれてくる子も、こんな顔なのかしら？　いまから楽しみです」

　無関心は楽なのだ。

　痛みを知らず、関心を持たず、なにも見ようとせず……ただ与えられた義務を果たす人生は、きっと楽だろう。

心には痛みが伴う。

裏切られることもあるだろう。

苦悩することもあるだろう。

そのたびに、身をえぐるような痛みが苛《さいな》むはずだ。

けれども、セシリアが――このあたたかい手を持った花嫁が癒やしてくれるのなら、耐えられる気がする。

この気持ちを知ってしまったアンリは、もう彼女を手放せないと思った。

その3　引き籠り、乱入する！

1

一に筋トレ、二に筋トレ、三、四がなくて、五に筋トレ。

とにかく、筋肉が必要だ。

ルイーゼは少しずつだが、身体を鍛えていた。

もちろん、いきなり無理をして筋肉痛をくり返す愚を犯さない。身体作りのいろはは心得ている。

食事にプロテインは欠かせないので、卵やささみを厨房に要求しておく。

筋肉疲労を軽減する食品として、豚レバーも食した。

だが、豚レバーに関しては、使用人から「そ、そのようなものを召しあがって、ルイーゼ様は悪魔でも崇拝されているのですか!?」と目を剥かれてしまった。

フランセールではフォアグラを食べるくせに、豚のレバーを食べる習慣はないのだ。ままならない。前世であれば、自分で解体して食べられたが……とりあえず、危険はないので、よく加熱して調理するよう指示した。

「お嬢さま、ご注文の品が届きました。しかし、ジャンは鞭のほうが好みにございます」

「勘違いしていませんか？　これはお仕置き用ではなくてよ？　とりあえず、ありがとうございます」

ジャンから注文の品を受け取りながら、ルイーゼは釘を刺した。ジャンは「左様でございますか。寂しゅうございます」と言って下がっていく。

「……やはり少し重い気がしますが、剣よりはマシですわね」

ルイーゼは手にした得物《えもの》を、試しに数回ふってみた。

最初は難儀したが、そのうち、ブォンと風を斬る音がする。

木刀だ。

細かく注文をつけた甲斐あって、出来は上々。繊細な反り返りや握りのよさまで、日本にいたときに使っていたものを再現させることができた。ルイーゼの背丈にあわせて作ってある点も、気に入っている。

ルイーゼの筋力では、普通の剣を扱えない。木刀をふり回すくらいがちょうどいいのだ。できるだけ硬く、軽い素材を選んだので、思いっきりふれば相手の骨を折ることも可能だろう。

鞭で戦うには限界がある。鞭はふると大きくしなるので、動作してから攻撃が届くまで大幅に遅れが出て読まれやすい。また、皮膚へのダメージは大きいかもしれないが、相手が戦士級の場合は打撃を与えて骨を折るほうが重要だ。

戦闘では、苦痛よりも相手の動きを封じるのが第一になる。

「さて、参りますわよ。今日もエミール様を教育しなくては」

今日はどんなトレーニングメニューがよろしいかしら。

ルイーゼはそんなことを考えながら、馬車に乗り込んだ。


「ルイーゼ！」

いつものようにエミールの部屋を開けると、嬉しそうな声が聞こえる。

ほどなくして、中からエミールが顔を見せた。

「ルイーゼ。み、見て、これ全部一人で達成したよ！」

褒めて褒めて、と言いたげにエミールはルイーゼの前に立った。胸の前で紙を広げ、ニッコリと笑顔を作る。以前のような怯えはない。

エミールが持っているのは、彼のために作った筋トレのメニューであった。とりあえず、筋力がないのを配慮して、ルイーゼと似たものを実践させている。

「あら、エミール様。よくがんばりましたわね」

ルイーゼはエミールの頭を軽く撫でる。エミールはくすぐったそうに笑った。すっかり懐いた小動物だ。

調教、いや、教育は上手《うま》くいっている。

「ぼ、僕も。早く……ルイーゼみたいに強くなって、外を歩けるようになる……！」

エミールはもじもじと、しかし、意気込んで、両手の拳をギュッと握りしめた。その姿が健気で、つい母性本能をくすぐられる婦人もいそうだ。

どうして、ここまで飼いならすことができたのか。

なんということはない。外への興味を持ちはじめたエミールに対してルイーゼは一言、「外へ出られるのでしたら、やはり、それなりに強くならなくてはいけませんわ」と、吹き込んだ。そして、まるで、それが常識であるかのように振る舞ってみせたのである。

商人であった五番目の前世では、ときどき使った話術だ。

無知な相手に「隣町の誰々様は、これくらいの値をつけてくださいましたよ！」と言えば、相手は「この商品の相場は、これくらいなのだ」と思い込む。

それに、具体的な指標があると、本人も安心するのだ。それも、細かく短期目標を区切っておくほうが好ましい。いきなり頂点は目指せないものだ。

室内のトレーニングが中心だが、そのうち、走り込みも行いたい。

「よろしい、よろしいですとも。このカゾーラン、筋肉の魅力に気づいた同志が増えて、感激しておりますぞ！」

どこからわいてきたのか、カゾーランが勝手に号泣していた。

未だにエミールの部屋には護衛がつけられているので、様子を見に来たのだろう。見張りを担当していた騎士がドン引きしているが、カゾーランの視界には入らないらしい。

「殿下、基礎が整いましたら、このカゾーランが稽古をつけて差しあげましょうぞ」

「え、や、やだ。ルイーゼがいい」

立派すぎる大胸筋を張ったカゾーランの申し出を、エミールはアッサリ拒否した。

カゾーランはショックを受けたようで、露骨に表情を固まらせて、ルイーゼに視線を向ける。

「しかし、ルイーゼ嬢の剣筋はくせがありすぎます」

「だって、ルイーゼのほうがかっこいい」

「な、なんですとっ⁉　このカゾーランの磨き抜かれた筋肉に不満がおありか⁉」

筋肉の話では、ないと思う。

エミールは無邪気な子供のように、ルイーゼのそばにすり寄る。

カゾーランがますます表情を硬直させた。ルイーゼは苦笑いして、助け船を出してやることにした。

「エミール様、そう言っていただけるのは嬉しいのですが……マナー作法、社交界での礼儀一式、ダンスに読み書き、わたくしがエミール様に教えなくてはならない物事は、たくさんありますの。いまは筋トレもしておりますが、そのうち、剣の稽古はカゾーラン伯爵におねがいするつもりでしたわ」

「え、どうして？　ぼ、僕、全部がんばるのに……」

「日中のうちにすべてを叩きこむのは、難しいのです。これから、気候も暑くなって参ります。運動は夕方にされるのがよろしいかと。そうなると、わたくし、お屋敷へ帰らなくてはなりませんから。サービス残業は嫌です」

「さーびすざんぎょう？」

「それに、カゾーラン伯爵はフランセール王国で一番強いのです。稽古をつけていただけるのは、名誉なことですよ」

エミールは子供のようにむくれていたが、やがて、「わかった……」とつぶやいた。

「伯爵だったら、首狩り騎士の倒し方も、知ってるしね……」

「もう二度と倒されたくありませんけれどね」

「ルイーゼ、なにか言った？」

「いいえ！」

我ながら、本当によく手懐けたと自画自賛したい。

「わかりましたら、今日は歴史のお勉強をいたしましょう。筋トレのしすぎは、身体によくありませんわ」

ルイーゼはテーブルに教科書を広げた。エミールは素直に席に着く。

最初のころでは、考えられなかった。

まるで、普通の教育係と王子のような穏やかな光景である。

* * *

けしからん。

実にけしからん。ゆゆしき事態だ。けしからーん！

「けしからん！」

太い血管の一本や二本、ブチ切れそうな勢いで叫ぶのは、ギヨーム・アントワープ・ド・シャリエ公爵――シャリエ家の当主であり、ルイーゼの父でもある。

シャリエ公爵は激怒していた。

狂おしいほどの怒りに苛まれている。

「まあまあ、あなたったら。よいではありませんか。ルイーゼも、もう年頃なのですから」

憤怒するシャリエ公爵をたしなめるのは、妻であるシャリエ夫人だ。

夫人は膝の上に乗った愛玩用の白猫を撫でながら、のほほんとした笑みを浮かべている。

「年頃だから、けしからんのだろう！　どこの令嬢が夜中に屋敷の外を走り回ったり、珍妙なポーズで静止したり、奇声をあげながら素振りをするというのだ！」

「ふふふ、きっと恋ですわよ」

「適当なことを申すな！」

「あら、バレました？」

腸を煮えくり返らせながら、王宮のほうを見つめる公爵。

その姿を、夫人は至極穏やかに、かつ適当な態度で「まあまあ」と言うのだった。

「わしのルイーゼに、なにがあったというのだ。ルイーゼは天使だぞ⁉　このシャリエ家の宝なのだ！　それが、王宮に通いはじめたと思ったら、毎日、奇行をくり返しておる。パパと食事をしても、ささみや豚の肝ばかり食して！　毒されたのだ。あの引き籠り姫のせいで、頭がおかしくなったのだ！」

「そうかしら。ほら、十歳のときに、盗賊からこの家を守ったこともあったじゃありませんか。三年前は、誘拐されそうになって、逆に賊を引きずって帰ってきたりもしたし。あの子は、割と前から、あんな感じではなかったかしら？」

「待て。三年前の話は初耳だぞ？」

「すぐに賊を捨ててこさせましたから。うちでは、飼えないでしょう？」

「まあ、そうだな……いや、それでも、パパのルイーゼは天使なのだ！　反抗期というヤツではないか⁉」

「そうかしら」

「そうに違いない！」

　親馬鹿丸出しで叫び倒すシャリエ公爵を、夫人は生温かい目で見守っていた。そして、次に発せられるシャリエ公爵の思いつきについても、事なかれ主義を発動させる。

「そうだ。婿をとろうではないか。ルイーゼを、結婚させよう。そうすれば、大人しくしてくれるはずだ。なるほど、我ながら名案だな！」

　一人で盛りあがって、公爵はめぼしい貴公子たちに「婿養子募集！」の手紙を書きはじめた。

　そんな夫を、夫人は生温い視線で見守り続けた。


　なんということでしょう。

　ルイーゼは、父シャリエ公爵の勝手極まる決定に憤りを覚える。いや、激怒した。

「嫌ですわ。いま、わたくしが教育係をやめたら、エミール様は間違いなくクズになりますわ！」

「十年以上も引き籠っている王子だぞ？　もうすでにクズであろう！」

「それは否定しませんが、どんなクズでも改心のときが来るのですわ！　いま、エミール様は前向きなのです。少し！」

「そんなもの、ゴロツキが子猫を助けたくらいでいい人扱いされる、三流小説のような理屈ではないか！」

「否定はできませんが、わたくし、まだ結婚しませんわ。放っておいてくださいまし！」

満場一致で王位継承者をクズ認定する親子の罵りあいは続いた。その様子を眺めて、シャリエ夫人は笑みをたたえつつ、退屈そうに欠伸《あくび》を噛みしめる。

「お母様も、なんとか言ってくださいまし！」

「そうねぇ。きっと、恋ですわ」

「適当ですわよね、それ」

「うふふ」

いつも適当な穏便主義者には頼れない。最初からわかっていたことだが、ルイーゼは深い息をつく。

「でもね、ルイーゼ。あなたもう十五じゃないの。そろそろ、婚約者の一人や二人、確保しておかなくては、行き遅れてしまうわよ？」

「二人目はいらないと思いますが？」

「あら、そうね。まあ、大丈夫よ、ルイーゼは可愛いから」

どこまで適当なのだろう、この母親。ルイーゼは自分の顔から表情が消失していくのを感じる。

だが、そうだ。ルイーゼは十五歳だ。並みの令嬢ならば、すでに婚約者がいるか、結婚する頃合いだろう。

「婚約者……婚約者、ですか」

ルイーゼは思案したが、適当な相手が思いつかない。社交界ではそれなりに目立つし、多くの貴公子がルイーゼに声をかける。しかし、特に親しかったり、懇意にしている相手はいないのだ。

実際、シャリエ公爵がルイーゼの婿募集を触れまわったことで、名乗り出る貴公子は山ほどいた。

だが、そのどれも、あまりピンとこない。権力や財力だけを考えれば、何人か候補はいるが……。

ルイーゼは貴族の令嬢に生まれた。別に条件だけで結婚相手を選んでもいいのだが、どうも釈然としない。イマイチ決め手に欠けると言ったところか。

――ぼ、僕も。早く……ルイーゼみたいに強くなって、外を平気で歩けるようになる……！

急に、笑いながらルイーゼに語りかけるエミールの顔が浮かぶ。ルイーゼは思考をふり払うように、首を横にふった。

そうだ。いま、エミールを見捨てると、彼は間違いなく引き籠りに戻ってしまう。カゾーランには少し懐いたようだが、ルイーゼがいないと、怖がって逃げるらしい。筋トレも続いてはいるが、それでも自主的に外へ踏み出す勇気はない状況だ。

なんとしてでも、教育係は続けなくては。ルイーゼは、この役目を引き受けると決めたのだ。

「あ……ひらめきました！」

ルイーゼはある考えに思い至り、したたかな笑みを浮かべた。

行動すると決めれば、早い。ルイーゼは、うるさく「結婚しろ！　そして、大人しくしてくれ！」と叫ぶシャリエ公爵を無視して、屋敷を飛び出した。

「きっと、恋ですわ」

シャリエ夫人が、のほほんとお茶を啜《すす》った。

2

「ということで、カゾーラン伯爵。是非、婚約を！」

ルイーゼは王宮へ着くと、真っ先にカゾーランの執務室を訪れた。

整理整頓の行き届いた書き物机にダンッと両手を叩きつける。

あまりの気迫に圧倒され、カゾーランは目を通した書類に判を捺し損じてしまう。

「は、はて……？　このカゾーラン、妻も息子もすでにいるのだが……」

カゾーランは気恥ずかしそうに若草色の瞳を逸らしてしまった。ルイーゼはようやく、自分の言葉が足りていなかったことに気づく。

「違いますわよ。あなたのご子息と婚約したいのです、伯爵」

「なんと」

「たしか、いらっしゃいましたわよね？　殿方が！」

ルイーゼの考えた策は、こうだ。

誰でもいい。適当な相手と婚約だけしてしまうのだ。そして、エミールが独り立ちできれば、さっさと解消して婚活に勤しむ。

カゾーランの息子ならば、そのあたりの事情も理解してくれそうだ。最悪、本当に結婚しても悪い話ではない。条件だけで見れば、最高である。

「構いはせぬが……ユーグがなんと言うか……」

「父親なら、自分の子くらい黙らせなさいな」

父親の言うことを聞かずに小細工を施そうとしている自身のことは、棚に放り投げる。

しかし、カゾーランは「ぬう」と低くうなり、腕を組んで黙ってしまった。なにか不都合があるのか。煮え切らない態度に、ルイーゼは苛立つ。ジャンが近寄ってきたので、ベシィンッと鞭を一ふりした。

「お嬢さま、よろしゅ――」

「さっさと答えてくださいまし！」

ジャンなど無視して、ルイーゼはカゾーランにも鞭の先を向ける。

背後で「空気のような扱いも、よろしゅうございます。背後にそっと寄り添うのも、執事の美学」とか聞こえる。

「ユーグは、ちと特殊でな」

「ええい、もったいぶらずに婚約させなさいっ！」

ルイーゼは困った顔をしたカゾーランの肩に二、三度鞭を叩きつけてやる。ジャンがうしろで、「このジャンにもおねがいします！」と叫んでいるが、相手をするのが面倒くさい。

「ルイーゼ嬢。多少はマシな筋力がついたようだな、カゾーランは感激した。さあ、もっと、強くなったおぬしの力を見せつけよ！」

主人公に最終試練を与える師匠のようなセリフだ。意訳すると、「もっと打ってください」に聞こえてしまうのは、なぜだろう。最近、なにかに毒されている気がしてならない。

そうこうしているうちに、トントントンッと、扉をノックする音が聞こえる。

ほどなくして、入室する人物があった。

近衛騎士の制服に身を包んだ青年だ。

歳はエミールと同じくらいか、もう少し上だろう。ひとつに結われた長い赤毛が揺れ、若草色の瞳が優美な笑みを描いていた。

「父上、報告書を持って参りました」

歌うように美しい清涼な声で、青年は一礼した。

鍛えられた肢体は長くしなやかで、非常に均整がとれている。身のこなしは貴族らしく洗練されており、整った甘いマスクは女性が好みそうであった。

この顔には、見覚えがある。エリック・ド・カゾーランの若いころに、そっくりだ。間違いない。彼が息子のユーグ・ド・カゾーランなのだと、ルイーゼは確信した。

ちなみに、ユーグの名をつけたのは、前世の自分であることは、完全なる余談だ。名付け親など初めてで、たっぷり三日不眠で考えた。決め手は、「なんとなく、呼びやすかった」である。

「むう、ユーグか。タイミングがいいのか、悪いのか……」

「あなたがユーグ様ですわね。おねがいしたいことがございます」

あいまいな顔をするカゾーランをおいて、ルイーゼはユーグに迫った。

不思議そうにするユーグの前に立ち、ルイーゼは気迫を込めた言葉を放つ。有無は絶対に言わせない。

「わたくし、ルイーゼ・ジャンヌ・ド・シャリエと申します。あなたに、おねがいしたいことがあるのです」

「シャリエ……ああ、シャリエ公爵のご令嬢。私になにか？」

ユーグは人好きのしそうな笑みで問う。一方で、ルイーゼの気迫に只ならぬものを感じたのだろうか。数歩あとずさって距離を置いているようだ。

「あくまでも、一時的に、でございますが……ユーグ様。わたくしと、婚約していただけないでしょうか。一時的に、ですけど！　エミール様のため――」

「はあ？　アンタ、馬鹿なの？」

はあ？

ん？　いまなんて？

「そんなの無理に決まってんでしょ？」

ルイーゼは文字通り、目が点になった。

念のために発言者を確認するが、カゾーランでもジャンでもない。目の前に立つユーグであった。

「この私が女と婚約？　父上、このクソアマは寝言を言っているのかしら？」

カゾーランが項垂れながら、「口が悪いぞ、息子よ……」と言っている。

ユーグはひとつに結った髪を、フンッとふり払い、胸に手を当ててこう宣言した。

「このユーグ・ド・カゾーラン。男にしか興味はないから。品のない雌豚ちゃんは男に生まれ変わってから、出直していらっしゃい！」

う、うわー……これって、いわゆる……？

「ルイーゼ嬢。あきらめよ……我が息子は、まあ、その。少々度を超した女嫌いなのだ」

「いやいやいや、これ、完全にオネェですわよね！」

「断じて違う。違うぞ、ルイーゼ嬢。ただ、軟派な男にせぬよう、日ごろから女に興味を持ってはならぬと教えておったら……いや、あれは不可抗力なのだ。話せば長い」

「完全に、育て方を間違えましたわね。いろいろと。性的に興味がないのはともかく、コレ、完全にオネェ化していますもの！」

「ぐぬぬ」

きっぱりと言い放つと、珍しくカゾーランがゴツイ身体を小さく丸めた。

育て方を間違えた自覚は、あるらしい。

しかし、こうなると、完全に当てが外れてしまった。

大人しく、結婚するしかないのかしら？

ルイーゼは途方に暮れた。

3

カゾーラン（息子）が断固として婚約に応じてくれなかったので、ルイーゼは自力でなんとかせざるを得なくなった。

「というわけで、ハンティングいたしましょう」

豪奢《ごうしゃ》で華やかな真紅を揺らす。本日のドレスは、特別に麗しい。

真珠をふんだんにあしらった首飾りで、胸を飾る。はちみつ色の髪は高く結って、リボンでまとめた。もちろん、毛先はくるくるに巻いている。

夜会に咲く一輪の薔薇となり、ルイーゼはにぎわう会場を練り歩く。

エミールの教育係をはじめて以来、久方ぶりの夜会である。ここで適当な男を引っかけて、とりあえず、時間稼ぎをしようという算段だ。詐欺まがいだが、背に腹はかえられない。

金品を騙し取るわけではないので、健全な結婚詐欺だろう。と、思いたい。

父が選んだ男と結婚するよりは、マシだ。

「ごきげんよう、シャリエ公爵のご令嬢。お久しぶりですわね」

「ごきげんよう、バイエ夫人」

ルイーゼは令嬢や貴婦人の面々とあいさつを交わす。

皆、表立って聞いてこないが、久々に現れたルイーゼに興味を示していた。もちろん、エミールの件と婚約者募集の件だと、わかっていた。

女性との会話を早々に切りあげ、ルイーゼは会場内を睥睨《へいげい》する。

最低限の品格があり、そこそこ騙されやすく、適当な家柄のカモはいないかしら?

詐欺師や商人だったころに、商売相手を探した勘を働かせてみる。

家柄は適当に釣りあうが、シャリエよりはやや低めがいい。婚約破棄に文句を言われても、困るのだ。それに、父は『婿』を望んでいるので、どこかの次男三男が適当だろう。

シャリエ公爵がもっと物わかりがよければ、こんな面倒をしなくていいのに。あの父親は親馬鹿すぎる。

ルイーゼを目に入れても痛くないと言うので、七歳のころに目に指を突っ込んでやったが、笑って喜んでいた。出来心で池に落としても、釣り竿のようなものを作ってカツラを釣りあげる悪戯をしても、問題なく許した。

今回も、一度満足させてあげれば、ルイーゼが婚約破棄しても快く許してくれることだろう。たぶん。

「あら」

獲物獲得を目指していると、珍しい人物を見つける。

「どうしたのですか、カゾーラン伯爵。こんなところに、いらっしゃるなんて。どういう風の吹き回しですか？」

ルイーゼは会場の隅にカゾーランの姿を見つけ、近寄る。

彼は普段、夜会には来ない。王宮主催の宴には参加しているらしいが、今宵はカスリール侯爵が主催する個人的な夜会である。

解《げ》せなかったのは、衣装だ。

せっかくの肉体美があるというのに、カゾーランが着ているのは深いネイビーブルーのロングローブである。それも、足首まできっちりと身が隠れる緩いタイプだ。背も大変、低く見える。

残念である。非常に残念だ。

自身の魅力を半減させているうえに、流行遅れの代物だった。本気で似合っていると思うのなら、若干引く。カゾーランの妻は、なにも突っ込まなかったのだろうか。

「あらら？」

ルイーゼは冷めた表情だったが、違和感に気づく。

「ぬう……あまり動きますと、見つかりますぞ」

長いローブから、足が四本生えている。

「あの、まさか。この中って」

「お察しの通りである」

ルイーゼはギョッとした。

周りに見られぬように少し身を屈め、ローブの裾を持ちあげてみる。

なんだか、スカート捲《めく》りみたいだ。八回目の人生にして初めて行うスカート捲りの相手が筋肉美の中年とは、なんとも言えない気分だった。

「ル、ルイーゼぇ……」

案の定、泣きそうな顔でエミールがうずくまっていた。

いちおう、盛装しているようだが……筋肉の足に挟まれながら夜会デビューする王子など、斬新すぎでは？

「足、疲れちゃったよぉ……」

「当然にございましょう。まったく、どうしてこのようなことを」

またカゾーランが無理に連れ出したのだろう。ルイーゼはカゾーランを睨みあげたが、彼は困った顔で首を横にふっていた。

「ぼ、僕が……頼んだ。その、あの」

エミールは、必死に訴えかけてきた。

「ルイーゼ、結婚するって、ほんと？」

不安で不安でたまらない。そんな声だった。

潤んだ瞳が揺れ、視線が定まっていない。

「エミール様……そんなことを言いに、ここまで？」

「そ、そんなことって……僕にとっては、だ、大事なこと、だよ。ルイーゼが、結婚するのは、ちょっと……その、困るというか、なんていうか……」

この場の空気に耐えられないのか、エミールはカァッと顔を赤くして俯いてしまった。

ルイーゼも、男の股間に向けて話しかけている格好になるので、そろそろ限界だ。あまりよろしくない。

「大丈夫ですわ、エミール様。結婚などしません。少しハンティング、いいえ、都合のいい男釣り、んんッ、親への体裁のために工作しているだけですから」

「ほ、ほんと？」

「はい。まあ、たとえ結婚しても、しばらくは教育係を続けるつもりですから、大丈夫です。手段を考えます」

本来、教育係は既婚の熟練した貴婦人の役割だ。早々に妊娠したり、遠くの領地へ引っ越したりしない限りは、続けていける。

エミールはまだ不安そうに唇を震わせていた。これ以上は限界なので、ルイーゼはローブの裾をおろす。

すると、カゾーランが呆れた様子で項垂れていた。

「ルイーゼ嬢、これは忠告なのだが……機は逃すものではないと、カゾーランは考えておるぞ」

「はい？」

「学習能力がない」

「はあ？」

なんの話だ。ルイーゼはあからさまに眉を寄せた。

この時期に結婚しておかないと、婚期を逃して行き遅れになるとでも言いたいのだろう。大きなお世話だ。わかったうえでの決断である。

カゾーランは肩をすくめた。

「殿下は未熟ながら、確実に成長なされている。自らカゾーランのもとに出向いて、連れていってほしいと頼んだのだからな」

「エミール様が？　ご自分で？」

「左様」

エミールが一人で、カゾーランの執務室へ行ったと言うのか。エミールの部屋からは少々距離があったはずだ。にわかには信じがたい話だった。

「殿下も立派な漢であることを、忘れるでない」

「漢だなんて。まだまだにございますわ。もっと、たくましくなっていただかないと困ります」

「……馬鹿は死んでも直らんとは、まことのようだな。もう知らんぞ。二度も忠告してやったのだからな」

「は？」

意味がわからない。ルイーゼはプイッと視線を外す。

たしかに、エミールが以前よりも前向きになったことは認める。だが、これくらいで満足されては困るのだ。

エミールをきっちりしつけて、一人前にしなければ。

王宮くらいは肩で風を切って歩いてもらいたいし、剣術も多少はできてほしい。社交界も、王族なのだから堂々と振る舞うべきだし、しゃべり方もなんとかせねば。

課題は山積みだ。気を抜けない。ルイーゼは今後のプランに頭を悩ませていた。

「シャリエ公のご令嬢ですか？」

つい考えこんでしまったが、聞き覚えのない声に、名を呼ばれる。

一人の貴公子が腰を折っていた。

年齢はルイーゼと同じくらいだ。

サラリと艶のある黒髪をうしろでひとつに結っている。青空色の瞳は中性的で、幼さを残すが、立ち居振る舞いは一流の公子だ。明るい青を基調とした盛装もセンスがいい。

どこかで見た顔だと思った。

「おお、シエルではないか」

先に声をかけたのはカゾーランだった。

「こんばんは、カゾーラン伯爵。このような場でお会いするなんて、珍しいですね」

「うむ。少々野暮用があってな」

思い出した。夜会を開いているカスリール侯爵家の子息だ。

シエル・クレマン・ド・カスリール。

ルイーゼと同い年で、今年から近衛騎士見習いとして配属されている。カゾーランがよく連れて歩く部下でもあった。小姓《こしょう》のような扱いだろう。

「ごあいさつするのは、初めてですわね。ルイーゼ・ジャンヌ・ド・シャリエと申します」

「こちらこそ、急に声をかけて、申し訳ありません。お話し中でしたか？」

ボーイソプラノのような声で問われ、ルイーゼは緩く否定する。エミールのことは心配だが、カゾーランがいるので放っておいても大丈夫だろう。

「シエル様こそ、カゾーラン伯爵にご用件ではないのですか？」

「違いますよ。麗しいご令嬢と、一曲ご一緒ねがいたく参上したのです」

シエルは人好きのする顔で笑い、ルイーゼの手を優しくとった。

礼儀に則《のっと》って片膝をつき、指に唇を落とす。仕草も洗練されており、非の打ちどころがない美少年である。

「婚約者を探していらっしゃるとか」

「え、ええ……まあ。父が勝手にしたことですわ。わたくしのような不束者《ふつつかもの》、誰も、もらってはくれませんでしょう」

「ご謙遜《けんそん》を」

シエルは立ちあがる。

目線がルイーゼと同じくらい小柄であり、成長期だとうかがえた。

「僭越《せんえつ》ながら、僕も立候補させていただきたく存じます」

「え……え？」

シエルの言葉に、ルイーゼは思わず目を泳がせた。

ハンティングしに来たわけだが、カスリール侯爵家が相手では、少々家柄がよすぎる。婚約破棄をしようものなら、それなりの理由も必要になるだろう。加えて、彼は長男だ。シャリエ公爵の望んでいる婿としての結婚も難しい。

面倒ですわね。

ルイーゼは困って、冷や汗が流れた。

「とりあえず、一曲踊りましょう。ほら、ワルツがはじまりますよ」

シエルは爽やかに笑ってルイーゼの手を引く。

ルイーゼはぎこちなく歩いた。

「どうしましたか？」

「い、いえ」

ワルツが流れはじめ、シエルがルイーゼの腰に手を当てる。青空色の瞳が爽やかに、けれども、妖艶でしたたかな微笑を描いた。

「ああ、そういえば、ダンスは苦手でしたね」

「え？」

なんのことだろう。

ルイーゼはダンスも歌も苦手ではない。むしろ、今世では重点的に磨いてきたつもりだ。

別の誰かと勘違いしているのだろうか。

「あの」

「いつも僕の足を踏んでくれましたよね。そのたびに、もう絶対に誘うなって」

誰の話を、しているのかしら？

ルイーゼは目を見開く。

「ロレリアの城では、いつも壁の花でしたよね。あなたを誘いたい女性は、たくさんいたのに……でも、これはわたくしの特権でした」

だが、その光景には、たしかに覚えがある。

自分の記憶の中で、いつも苦手なダンスに誘い、そのたびに足を踏んでいた相手は一人しかいないのだ。

「お久しぶりです、クロード」

ダンスが苦手だったのは、前世の自分。

いつも誘っていたのは――セシリアだった。


一人で歩くのは、怖くてたまらなかった。

でも、狭い部屋に一人だと、いても立ってもいられなかったんだ。

ルイーゼが婚約者を探している。今夜、夜会へ行くらしい。

そう聞くと、身体がウズウズした。トレーニングすれば無心になれると教わっていたので試したけれど、エミールの体力では腹筋が十回も続かない。

エミールは力をふりしぼった。

部屋の外には、都合よく誰もいなかった。たぶん、交代の時間だ。

エミールは覚悟して、外に足を踏み出した。

きっと、カゾーランなら外に連れていってくれる。

自分が歩く先の床が安全かどうか、おっかなびっくり確認しながら、慎重に。うっかり妖精の大群に遭遇しないか心配だったが、大丈夫だった。

何度かルイーゼと歩いていて気づいたが、少なくとも、王宮では妖精や牛の大群に出くわす危険はなさそうだ。もちろん、首狩り騎士の影も見えない。

夕陽に染まる空がまぶしかったので、目隠しを装備してみた。

しかし、今度は周りがなにも見えなくなってしまい、転倒する。身体のあちこちに打ち身のあざを作ってしまった。鎖も試そうかと思ったけれど、引いてくれる人がいないと、目隠しの二の舞だと気づく。

どうしようもない。

エミールは独りだと、なにもできなかった。

「ふ、ぇ……ルイーゼぇ……」

やっぱり、一人じゃ歩けないよ。

結婚なんてしないでよ。

ずっと、そばにいてよ。

ルイーゼが一緒にいてくれないと、全然ダメだよ。

こんな自分が王子だと言うのだから、みんな呆れているだろう。引き籠り姫と仇名《あだな》されて、誰も王子と呼んでもくれない。

本当は、こんな自分でいいわけがないのだ。

父のように立派に国を治めたいし、母のように強い人になりたい。誰だってエミールにそうなることを望んでいるはずだ。

「無理だよ……そんなの、ムリ……」

無理だ。

みんなが望むような王子になんて、なれない。

でも……せめて、誰にも頼らず王宮を歩ける王子にはなりたい。

ルイーゼのところへ行ける男くらいには、ならないと。

小さな目標からコツコツと。そう教えてくれたのは、ルイーゼだった。泣きそうになるのを我慢して、エミールは立ちあがる。生まれたての小鹿のように震えているが、とにかく壁伝いに歩いた。

「あら、ヤダ。殿下、どうしちゃったの⁉」

カゾーランの部屋の近くに辿りつくと、息子のユーグに発見される。

面識がないわけではない。それでも、エミールは怯えて、すくみあがってしまった。

「父上、父上！　殿下がものすごく可愛らしいご様子で転がっていらっしゃるのですが、もうコレ食べちゃっていいですか⁉　餌かなにかですか⁉　ヤダ、もう理性を保っていられません！」

「ぬっ……殿下が？　こら、ユーグ。頼むから殿下に妙なことを教えるな！」

「無理です。剥いちゃいますよ！」

「やめぬか、ならぬ！」

ユーグは叫びながらカゾーランの執務室に入っていく。餌とか理性とか、なんだか意味がわからないけれど、エミールには考える余裕もなかった。

その後、エミールはカゾーランに無事保護される。

しかし、ここからもう一《ひと》冒険。

エミールが頼むと、カゾーランが夜会へ連れていってくれると言ってくれた。

残っていた仕事をすべて押しつけられたユーグが「可愛い殿下のためなら、仕方ないからがんばっちゃうケド、早く帰ってきてくださいね！」と言っていたのが、本当に申し訳なかった。

そうして夜会へ行ったカゾーランの策が、この方法だ。

人前に出たくないエミールをロングローブの中に隠すと言うのだが……。

「殿下、前に進みますぞ。それ、一、二、一、二……」

「う、うん……ひゃっ……い、いち、に、いち、に……」

カゾーランの足先がエミールに当たる。

エミールは薄暗いローブの中で、必死にカゾーランの動きにあわせて進んだ。ずっと屈んでいるため、足が限界だが、これも『筋トレ』だと思えば耐えられる。ルイーゼだって褒めてくれると思った。

ときどき、ローブを捲って外を見ると、華やかな景色にめまいがする。

優雅な音楽は耳心地がいいものの、大勢の声がして落ち着かない。貴婦人たちが甲高く笑う声なんて、今夜の夢に出そうなほど怖い。

上品に振る舞っているが、実はみんな陰で鍛えているのだと思うと、ゾッとする。

ルイーゼいわく、彼女など「してんのうのなかでもさいじゃく」程度らしい。よくわからないけれど、ものすごく怖いことだけは理解した。みんな、危険な外を歩くために、毎日筋トレしているのだ。あんなに美人なご婦人も、脱いだらムキムキなのだ。ルイーゼがそう言っていたので、間違いない。

「やっぱり、外って怖い……」

気を抜くとすぐに蹴られるし、ちょっと汗臭いのも……そんな文句を言ったら、カゾーランに悪いから、絶対に口にはしないけど！

エミールに十分な空間を確保しようと、空気椅子のようなガニ股でがんばってくれているのだから。

冒険のすえ、ルイーゼに会えたときは、なんだかホッとした。

だから、

「エミール様……そんなことを言いに、ここまで？」

少し困った。

そんなこと。

そっか、ルイーゼにとっては、僕の冒険は「そんなこと」なのか。

褒めてほしかったわけではないけれど、ちょっと寂しかった。

怖くもないのに涙がこぼれそうになる。

「婚約者を探していらっしゃるとか」

「え、ええ……まあ。父が勝手にしたことですわ。わたくしのような不束者、誰も、もらってはくれませんでしょう」

「ご謙遜を。僭越ながら、僕も立候補させていただきたく存じます」

聞きたくもない会話が聞こえてきた。

エミールは、ダメだと思いながらも、外を見た。

ルイーゼの手をとっていたのは、とても堂々とした少年だった。エミールよりもいくらか年下の彼は、スッと背筋を伸ばし、ルイーゼを誘っている。

ルイーゼに手を引かれて、ビクビクしながら歩くエミールとは違う。

二人がなにを話しているのか、よく聞こえない。

ダンスがはじまると、ルイーゼが目を見開いていた。なにか真剣な話をしているようだ。もしかすると、さっきの結婚話かもしれない。

「殿下、大丈夫ですかな？」

エミールの変化に気づいて、カゾーランが身を屈める。それで、初めて自分が泣いているのだとわかった。

怖くもないし、光がまぶしいわけでもない。

寂しい。ううん、ちょっと違う。

どうして泣いているのか、自分でもわからないんだよ。

「カゾーラン伯爵……」

「なんですかな？」

ああ、もう、いやだ。

部屋に籠るのが、どんなに楽だったか。

誰とも接しないのが、どんなに楽か。

寂しくってもいい。我慢すればいいんだもん。

「……帰りたい……」

安全で安心できる唯一の殻に、逃げ帰ることだけを考えていた。


暗闇こそが、奴の住み処《か》。

そうとでも言いたくなるほど、この場所は常に闇であふれていた。

長い螺旋《らせん》階段を登りきり、男——王弟フランクは息をつく。

まだ四十にも届かないというのに、薄くなってしまった頭皮から汗が流れる。

国王であるアンリと比べて、周囲は「老け顔だ」、「影が薄い」、「存在を忘れていた」などと好き放題言っているが、いまに見ていろ。

いつかきっと、花開いてみせる。影が薄い能無しなどと言わせるものか。

必ず兄を排斥して、王位に就いてみせる。引き籠りの甥など、敵ではない。

「身の丈にあわん野心だな」

扉を開ける前に、声がする。

若々しく、覇気があった。だが、地獄の底から聞こえる歌のような、妖しい響きもはらんでいる。

「邪魔が入った。何者なのだ、あの令嬢は……あいつの邪魔が入ったせいだ……あと一歩のところで、カゾーランにやられたぞ」

「令嬢？」

「エミールの新しい教育係だ！　シャリエ公爵の娘のようだが、刺客どもと互角に渡りあったらしい……！」

ようやく、人の気配が現れる。しかし、それが自らのすぐうしろにいると気づき、フランクの背筋に悪寒が走った。

いままで、少しも存在に気がつかなかった。声は聞こえていたのに、なぜ、場所がわからなかったのか。こんなに近くにいたのに。気配が完全に消えていた。

「刺客と渡りあう令嬢……なるほど、シャリエ公爵と言ったな？」

「そうだ。まったくもって、おかしな令嬢だ！　鞭をふり回して、妙な構えをしていたらしい。まるで、首狩り騎士のようだと言われておった」

「首狩り騎士？　首狩り騎士だと？　……その令嬢は、いくつの娘だ？　十五より若いか？」

「は？　ああ、年齢か……たしか、ちょうど十四、五くらいだったはずだが――」

「……なるほどな、そこにいたのか」

なにを納得したのか、フランクには、わからなかった。

だが、相手は「気にするな」とでも言いたげに、令嬢については、それ以上触れなかった。

「まあ、問題ないだろう？　カゾーランの奴が王子につき、国王から離れる機会が多くなっている。そうではないのか？」

「え、あ、ああ。まあ……そう、だな」

フランクの首筋に長い指が触れる。

冷たいわけではない。しかし、研ぎ澄まされた冷気のようなものを感じ、身体が硬直する。まるで、氷で設《しつら》えた刃を向けられているようだ。

ほのかに蒼い光が見えた。螺旋階段の壁に映る光は、海が波打つように揺らめき、妖しげに踊っている。

「機を待て……見誤るなよ」

闇へと消えるように、彼は気配を消した。

ふり返っても、そこにはすでに誰もいなかった。

4

——お久しぶりです、クロード。


人の黒歴史をえぐる出来事が次から次へと……。

ルイーゼは悩ましい溜め息をついた。

昨晩の夜会で出会ったシエルという少年から、自称セシリア王妃の生まれ変わりであると告げられた。

正直、もうよくわからない。カゾーランに相談しようにも、いつの間にかエミールを連れて消えていた。

こうして、悶々としながら一夜が明けてしまう。

当然のごとく、ハンティングも失敗だ。

ジャンいわく、「みなさま、お嬢さまにお声をかけようとしておりましたが……お顔を確認すると、脱兎のごとく逃げておりました。きっと、お嬢さまの魅惑的な殺気のせいでございましょう。ジャンもその眼で睨んでほ（面倒くさいので以下省略）」らしい。

仕方がないではないか。考えごとをすると、殺気が迸るなど、誰しもある。わたくしは悪くない。絶対に悪くない。

「殿下！　殿下ってば、出てきてください！　んもぅ、エミール殿下！」

色っぽい、と言えばいいのか、雄々しい、と言えばいいのか。そんな微妙な声で、ユーグが騒いでいた。エミールの部屋の前だ。

ルイーゼが冷めた面持ちで近づくと、ユーグも冷めきった視線で返してきた。

いまにも、また雌豚とか言われそうな勢いだ。

「なによ、雌豚ちゃん」

「想定内です」

この筋金入りの女嫌い、いや、オネェはなんとかならないのか。

近衛騎士の事務方で、あまり表に出てこないせいか、こんな人物だとは思っていなかった。

だいたい、わたくしが雌豚ですって⁉　冗談じゃありませんわ。喧嘩を売られているとしか思えません。

腹いせに、ルイーゼは鞭を片手にジャンの胸倉をつかんだ。

ああ、腹立たしい。こんなときは、一鞭打つに限りますわ！

「そんなことより、アンタ教育係なんでしょ。なんとかしなさいよ。エミール殿下、引き籠ったまま、全然開けてくれないんだから！」

ジャンを鞭打とうとしたルイーゼに、ユーグが批難を浴びせる。

ルイーゼは怪訝に思い、ジャンから手を離した。お仕置きが未遂に終わったせいか、「え？　え？　お嬢さま⁉　よろしゅうございませんよ⁉」と、叫び声がする。

「エミール様の引き籠りなど、いつもでは……？　ユーグ様に怯えているのでしょう」

「内側にバリケードまで作っちゃってるの！　ああああ、もうっ。私の可愛い殿下が！」

エミールは姫と呼ばれるほど貧弱なわけだが、ユーグは生物学的に男であれば許容できるようだ。この男をエミールに近づけないほうがいい気がする。とても、危ない匂いがした。

とはいえ、ルイーゼも気になり、エミールの部屋をノックする。

返事はない。まるで、初めてこの部屋を訪れたときのように、シンとしている。

「エミール様、ルイーゼにございます」

ノブを回しながら、声をかける。

掃除ついでに鍵がかからないよう細工したので、いちおう、扉は開く。だが、内開きの扉はわずかな隙間を空けるばかりで、中に入れそうにもない。

あらゆる家具が扉の前に積みあげられていた。

「エミール様、そこにいらっしゃいますか！」

ルイーゼは叫びながら、鞭を空打ちする。中で、「ひっ」と震える声が聞こえた。
室内にいるのは間違いなさそうだ。

再び引き籠りに戻ってしまったのだろうか。いや、そもそも引き籠りを卒業したわけではない。

だが、ここのところは若干の進歩が見られていたはずである。

これは、明らかな退化だ。許されない。

軍ならば、敵前逃亡で処するところだ。

ルイーゼは一度扉から離れ、十分に距離をとる。そして、助走をつけて高く跳びあがった。

「アイヤァァァアアッ！」

どこかの覆面ライダー的な美しい跳び蹴りを、樫《かし》材の扉にお見舞いする。

扉がガタンッと大きく揺れ、バリケードが崩れる音がした。だが、全壊には至っていない。

最近、鍛えはじめたとはいえ、まだまだのようだ。走り込みを増やそう。

「チッ」

「お嬢さま、ガラが悪うございますよ」

ジャンに指摘され、ルイーゼは急いでスカートの裾を直す。

「いや～ん、ジャンったら。ガラが悪いだなんて、ルイーゼ、傷ついちゃった。もうっ、キャピキャピッ☆」

必殺、ブリッ子で誤魔化す。

最近、すっかり使う機会がなかったので、ここぞとばかりにふりかざしてみた。きっと、久しぶりなので効果抜群だろう。さあ、わたくしに跪《ひざまず》きなさい。

「キモいわよ、雌豚ちゃん」

「気持ち悪うございます、お嬢さま」

「あなたたち、お黙りなさい！」

ルイーゼはすかさず、ユーグの脇腹に鞭を叩きこむ。

が、剣の柄《つか》で鞭の一撃を受けられてしまった。

不意打ちだったはずだが、油断ならない。事務方と言っているが、伊達《だて》に近衛の制服は着ていないようだ。さすがにカゾーランの息子である。

「ふん、雌豚ちゃん。この程度かしら？」

「わたくしの女子力（物理）を舐めてもらっては困りますわよ」

ルイーゼは物欲しそうに眺めているジャンを無視して、続けてユーグの脛に蹴りを入れる。

ユーグはとっさにうしろへと避けるが、それを待っていたとばかりに、ルイーゼが笑う。

「ヤァァァアアアッ！」

つい気合いの声をあげながら、間合いを詰める。短すぎるリーチを補うために反転し、鞭を持ち替えた左手から攻撃を放つ。

ユーグは辛うじて腹部への一閃《いっせん》をかわした。これを避けるとは、なかなかのものだ。

しかし、ルイーゼは手を緩めず、壁を足がかりに三角飛びする。

ベシィンッといい音が鳴り響いた。

「くっ……なかなかやるじゃない。完敗ね」

ユーグは苦悶の表情を浮かべながら、首を押さえてうずくまる。

木刀であったなら頸椎《けいつい》損傷、剣であったなら完全に首と胴を切り離す一撃だ。

「ほほほほほほ！」

鞭をシュッと腰におさめる動作をしながら、ルイーゼは勝利の高笑いをあげた。

朝飯前である。いや、いまは昼飯前だが。

「わたくしを雌豚呼ばわりするからです！　鍛えた甲斐がありますわ！」

日々の鍛錬の成果もあり、ルイーゼは以前よりも格段に動きがよくなった。

前はすぐに疲れて動けなくなっていたが、いまでは三分程度の戦闘であれば、問題ない。あいかわらず、翌日に筋肉痛という後遺症は残ってしまうが。

「カゾーラン伯爵に比べるとレベルが落ちますが、まあまあですわね。並み以上、天才未満と言ったところでしょうか。将来有望なのでは？」

「仕方ないでしょ！　私は事務方なのよ。受付嬢志望なの！」

「いや、嬢にはなれませんから。性別的に」

「うるっさいわね！」

ユーグがくやしそうにハンカチを噛んでいる。まるで、ヒロインに婚約者を奪われた悪役令嬢みたいだ。

とはいえ、現在の騎士たちと手あわせしていないので比べられないが、ユーグはなかなか才があると思う。カゾーランの息子と聞くと物足りないが、おそらく、近衛騎士の中でも上位の使い手だろう。

ユーグが剣を抜いていれば、もう少しいい戦いができたはずだ。けれども、彼はルイーゼを雌豚と呼んではいるが、剣を抜かなかった。騎士としての矜持《きょうじ》も備わっている。オネェだが、人間として信用できそうだ。

「お嬢さま、大切なことを忘れておりますよ」

ジャンがシャキーンと指摘する。

「そうでしたわ。エミール様を引きずり出さなければ」

ルイーゼはスッと跪いて背中を差し出すジャンを華麗に無視。エミールの部屋の前に戻った。

さすがに、部屋に入れなくなったのは初めてだ。

エミールになんの心境の変化があったかは知らないが、このままではいけない。また暗い部屋で引き籠り生活に逆戻りするだろう。

「エミール様。どうしても、開けてくださらないのですか？」

ルイーゼはわずかな隙間から、穏やかに語りかける。

「わたくしに教育係を頼んだのは、エミール様ですよ？　国王様の命令でここにいるのではありません。エミール様におねがいされたから、ここにいるのです」

音はしない。ただ、静かに時ばかりが過ぎる。

ルイーゼもしばらくは、その沈黙につきあっていた。

だが、やがて、少々大袈裟な溜め息をつく。

「……わかりました」

ルイーゼは声を高くし、にこやかに部屋の扉に触れた。

「押してダメなら引いてみろ、と言いますが……そのような生温《なまぬる》い手段を、わたくしが選ぶと思いまして？」

　鞭を空打ちする音を響かせる。

「遠慮なく、押して押して押しまくることにいたしますわ」

　高らかに、宣言した。

　あまりの圧に、周囲の空気が三度は下がる。それでも、ルイーゼは極力、笑顔でいようと努めていた。

　令嬢たるもの、笑顔を絶やさない。

「さあて……どのようにして、引きずり出しましょうか？」

　ザッといくつか計画は浮かんでいる。

　どれを試そうか、ルイーゼは舌なめずりをした。

「お嬢さま、ジャンに考えがございます」

　ズイッと前に出て、ジャンが手をあげた。

「なんでしょう？」

　ルイーゼはあまり期待せず、ジャンの発言をうながす。

「殿下の好きなものを、お部屋の前に並べて誘《おび》き出すのです」

　ジャンは言いながら、懐から次々とアイテムを取り出す。いつも思うが、燕尾服のどこに、あんなに物が入るのだろうか。どこかの青狸、いや、猫型ロボットみたいだ。

「お待ちなさい、ジャン。なんですか、これは？」

「殿下もお好きかと思いまして」

手錠や目隠しは、お馴染みなのでいいとして（よくはない）。

蝋燭《ろうそく》に猿ぐつわ、全身拘束具、首輪に足枷……そのほか、前世の知識を使っても用途不明の品々まである。できれば、モザイク処理を施しておきたい。

「あとは、釘などもよろしゅうございますね。持ってくるのを忘れたのがくやしゅうございます」

「却下ですわ、却下！」

ルイーゼはジャンが広げたオモチャを回廊の窓から外へと放り出した。

「お嬢さま、非道にございますッ！　ジャンの宝がぁぁぁああ！」

ジャンが珍しく不満を口にしながら、窓に身を乗り出す。その勢いでジャンは身体ごと三階の窓の外へと投げ出されてしまう。

執事は「でも、よろしゅうございますよぉぉぉおおっ！」と、叫びながら落下していった。

「まったく……もっと上手くやらなきゃ駄目よ」

ジャンの体《てい》たらくを見兼ねて、ユーグが肩をすくめた。いつの間にか、テーブルがセットされており、両手には大皿が二枚乗っている。

「さあ、殿下。出てこないと、全部食べちゃうわよ！」

ユーグは宣言しながら、大皿をテーブルに置いた。

豪華な見栄えで盛りつけられた前菜の数々と、フランセールの郷土料理である合鴨のローストだった。

前菜はカルパッチョや温野菜、カプレーゼ、海鮮のフリッターなど、十種にも及ぶ品が盛りつけてある。そのどれもが宝石のように輝いていた。繊細かつ色鮮やかである。合鴨ローストも三種のソースがそえられており、さまざまな味を楽しめるようになっていた。

「つけあわせのパンもあるわ」

「なるほど、食事で釣る作戦ですのね。いったい、いつ厨房まで頼みにいったのですか？」

「ふっ。頼みに？　全部、この私の自作に決まってるじゃない。可愛い殿下の胃袋をつかむのよ！」

「自作……ですって……？」

ルイーゼは面食らって、ユーグと料理を見比べた。この際、いつ、こんな手の込んだ料理を用意したのだ、という疑問はおく。

「なかなかの女子力ですわね」

本職が近衛騎士とは思えない。彼は物理以外の女子力が高いようだ。

「ヤァネ。姐《ねえ》さんに褒めてもらうと、照れるじゃな〜い！　姐さんには、かなわないんだ・か・ら！」

ユーグは嬉しそうに笑い、身体をくねらせた。

いつの間にか、ルイーゼは『雌豚ちゃん』から『姐さん』に大昇格したらしい。ルイーゼの女子力（物理）の高さに屈服したのだろう。

ちなみに、記憶が正しければ、ユーグは二十歳なので、年上だったはずだ。

「まあ、あなた、男ですけれどね」

「ヤダァ。心はガラスの乙女なの」

カゾーランは、絶対に息子の育て方を間違えている。

せっかく、前世の自分が名付け親なのに。膝下でチョロチョロして、ほっぺがプクッと膨れた可愛らしい坊やだったのに。複雑すぎて言葉が出ない。この親子を見ていると、十五年という時間はあまりに長すぎると実感させられてしまう。

二人は料理の匂いをエミールの部屋に届けようと、扇子で煽《あお》いだ。

香ばしい肉や繊細なソースの香りが、なんとも食欲をそそる。

扉の隙間から、グゥゥゥウと大きな音が聞こえた。エミールがお腹を空かせているのだ。サファイアの瞳が物陰からこちらの様子をうかがっていた。だが、すぐに隠れられてしまう。

一歩、決め手に欠けていたようだ。

残念。

「仕方がありませんわね。わたくしが、本当の女子力を見せつける番ですわ……ええ、もちろん、物理で」

ルイーゼは鞭をしならせる。そして、ジャンのオモチャの中からとっておいた、長い縄をピンッと張った。


一刻後。

「よろしくて、ジャン?」

「よろしゅうございません。このジャン、できればお嬢さま自らの手で制裁を加えていただきとうございま――」

「はい、いってらっしゃい」

ルイーゼは微笑みをたたえながら、尻込みするジャンの背を勢いよく突き飛ばした。「これは、よろしゅうございませぇぇぇええん!」という叫び声とともに、ジャンの身体が王宮の屋根から落下する。

命綱はつけてあるので、大丈夫だ。問題ない。

ジャンの身体は、ちょうどエミールの部屋の窓で宙吊りになった。

単純な話だ。

扉から入れないのならば、窓をブチ破ればいい。だが、さすがに王宮の窓を破壊するわけにはいかないので、小細工した。

ジャンは涙目になりながら、エミールの部屋の窓をノックする。ここまで、指示通りだ。

「殿下、あなたは完全に包囲されております。大人しく出てくるのがよろしゅうございますよ」

ジャンはルイーゼから命じられた文章をそのまま読みあげる。素晴らしい棒読みっぷりだ。

すると、窓の錠を内側から開ける音がした。

中から、怯えたエミールが顔を出す。

「殿下……」

ジャンが声をかけようとすると、エミールがスッと立ちあがる。

次の瞬間、ジャンの顔面に向けて、思いっきり枕を投げつけた。

「ぶはっ。よろしゅうございませんっ。お嬢さま以外からのお仕置きなど、このジャン、少しもよろしゅうございませんっ！」

「もう、僕のことは放っておいて！」

エミールはそう叫びながら、生卵を三つジャンに命中させる。次いで、ブドウジュースにヤギのチーズなどなど。

また妙な結界を作ろうとしていたらしい。

「こんな……こんな……仕打ち……」

「えいっ！」

エミールはジャンの身体を思いっきり押す。縄に吊られたジャンの身体は大きく揺れ動き、顔面から壁に突っ込んでしまった。

「このようなお仕置きなど……ジャンは――く、くやしいですが、これもよろしゅうございますねッ！」

ジャンが新しいなにかに目覚めたところで、命綱が切れてしまう。急な揺れに、耐えられなくなったのだろう。ジャンの身体は、そのまま本日二度目の落下をしていく。「殿下のお仕置きも、大変よろしゅうございますぅぅうううッ！」という断末魔が残された。

「さて」

満を持して、ルイーゼが立ちあがる。

「真打ちは、遅れてやってくるものですわ」

ルイーゼはそのまま命綱なしで屋根から飛び降りた。

開けっ放しになった窓枠に手をかけ、飛び込んでいく。もちろん、スカートの下にズボンを穿いているので、パンチラなどというサービスはない。

「え、え？　え⁉　ルイーゼ⁉」

窓から侵入するルイーゼを見て、エミールが声をあげている。

ルイーゼはニッコリと殺気を携えて、部屋の中へ侵入した。

「エミール様。さあ、今日のお勉強をいたしますわよ。まずは、この散らかったお部屋を片づけましょうか。怒っておりませんので、ゆっくりとお話しましょう」

「ひ、ひぃっ！　こ、来ないで！」

　ルイーゼは足元に散乱したチーズやら卵やらを踏みつけながら、部屋の中央へと足を進める。エミールは逃げるようにあとずさりして、涙目になっていた。

「引き籠りの時間は、終わりにございます。なにがあったのかは知りませんが、わたくしが教育係の間は、絶対に逃がしませんからね」

「だって、だって……」

「だってでは、ございません」

　ルイーゼは、拒むエミールの手をつかんで離さなかった。

　エミールは頻りに首を横にふっていたが、観念したようにボロボロと泣きながら座り込んでしまう。

「だ、だって、ルイーゼが結婚しちゃうって……」

「それは昨日も申しましたが、わたくしに結婚する気なんて、サラサラございませんから」

「で、でも。昨日……その……結婚しようって言ってて……すごく真剣な表情してて……」

　シエルのことだ。

　そういえば、あのときはエミールもそばにいたのを、ルイーゼは、すっかり失念していた。シエルが落とした爆弾は極めて面倒な代物だと改めて思う。

「もう。殿方がそんなに泣くものではありませんわよ」

　ルイーゼは息をつきながら、ハンカチでエミールの顔を拭ってやる。大粒の涙どころか、鼻水でぐしゃぐしゃの顔は、本当に十九歳の王子には見えない。

「シエル様はたしかに、婚約者に立候補されましたが、わたくし、お返事はしていませんよ」

「そうなの？」

「はい。それに、あの方と結婚することはないです。だって、シエル様は――」

　言いかけたところで、ものすごい轟音が響く。部屋の外からだ。

　気づいたときには、部屋の扉が吹っ飛んでいた
「え？」

「は？」

　樫材の扉をバリケードごと破壊して侵入する人物を見て、二人は呆気にとられた。

「ルイーゼ嬢は、おらぬかぁぁああ！」

　ルイーゼたちが四苦八苦したバリケードを壊し、易々と入室したのはカゾーランだった。

　カゾーランは物々しい形相でルイーゼを睨みつけた。ゴゴゴゴゴという擬音がつきそうなくらい、すさまじい迫力である。興奮で息も荒かった。

「ルイーゼ嬢、そなた、陛下になにをしたのだ！」

「……はあ。陛下？　国王様、ですか？」

　陛下？　殿下ではなく、陛下？

　どうして、国王の名前が出てくるのだろう。ルイーゼは、状況が呑み込めずに瞬きした。

「陛下が……アンリ陛下が、ルイーゼ嬢に求婚すると言って聞かぬのだ！」

は？

はあ……？

………は？

ルイーゼだけではなく、エミールまで、そんな顔をしている。

「はぁああっ⁉」

いったい、どこでフラグが立ってしまったというのだろう。

「どういうことですかぁ⁉」

「やっぱり、ルイーゼは……結婚しちゃうの……？」

突然の報せに、ルイーゼは叫び、エミールが白目を剥いて気絶した。

意・味・が・わ・か・ら・な・い！

「なぜ？　どうして？　どこで？　いつ？　どうやって、国王様にフラグが建設されたというのかしら！」

「ふらぐ？」

鬼の形相でカゾーランに詰め寄られるも、ルイーゼにはまったく身に覚えがなかった。

強いて言えば、謎の大抜擢でルイーゼを教育係に指名した理由と関係している気がするが……それもルイーゼには知らされていなかった。

「陛下に色仕掛けでもしたか⁉」

「そんなわけ、あるはずがないでしょう！　成りあがりを目指していたとすれば別ですが、わたくし、王族と結婚だなんて死んでもごめんです。いえ、間違えました。死にそうなのでごめんですってば！　わたくし、まだ死にたくないです！」

「え、ルイーゼ死んじゃうの⁉」

白目を剥いて気絶したと思われていたエミールが、むくりと起きあがる。

つい、前世の話をしてしまった。危ない。だが、エミールには、意味がわかっていないようだ。

「う、うぅっ……父上と結婚したら、ルイーゼが死んでしまう……あんまりだ……」

ふぅっと糸が切れるように、エミールが再び失神した。

よし、これで気兼ねなく死ぬとか刺されるとか言える。

「ともかく、わたくしはフラグを乱立した覚えはなくてよ。別のルイーゼさんでしょう。この国では、太郎や花子くらい平凡な名前ですし」

「たろう？　はなこ？　とにかく、シャリエ公爵家のルイーゼと言えば、一人しかおらぬだろう。もうすでに、陛下は晩餐会に呼ぶつもりで招待状を書かせていたぞ」

「なんなのですか、その行動力の早さは。誰もお止めにならないの⁉」

「だから、侍従長殿と、このカゾーランが奔走しておる」

「二人だけ⁉　たったの二人だけですか！　他の方々は国王様がロリコンでも平気なのかしら！」

ルイーゼが叫ぶと、カゾーランがそっとエミールに視線を移した。

カゾーランは声量を落として、ルイーゼの耳に顔を近づける。

「ほかの臣下は、そう考えてはおらぬよ。むしろ、陛下がようやく再婚に乗り気になったと、祭り状態なのだ……」

「は？　再婚で祭り状態って……ああ、なるほど」

そういうことか。

現状のエミールでは、王位継承は難しい。傀儡の愚王に仕立てるにしても、引き籠っていてもらっては困るのだ。そうであれば、いっそのこと国王が後妻を迎え、新しい王子を産むのが望ましい。いまのところ、王弟フランクの権力も強くはない。新しい王子が生まれるほうが、一番、エミール排斥には都合がいいのだ。

亡くなった王妃を溺愛している国王以外にとって、エミールの存在は邪魔である。

虫唾の走る話だ。なぜか、イライラしてきた。

「だからといって、どうして、わたくしなのですかっ。いままで、ちっっっとも、国王様には再婚する気などなかったのでしょう⁉」

「……その、だな」

カゾーランは声を潜めたまま続ける。これも、言いにくいことらしい。

「陛下は、ルイーゼ嬢がセシリア王妃の生まれ変わりだと信じておるぞ」

「はあ？」

「それで、シャリエ公爵がルイーゼ嬢の婚約者を探しておると聞きつけた途端、思い立ったように求婚すると言い出したのだ」

「……なんですか、その馬鹿げた話は。生まれ変わりだとか、なんとか、素《す》で信じているお馬鹿な四十路《よそじ》がいるのですか。それを結婚の決め手にするのですか。恋愛脳ですか、お花畑ですか！」

「だが、本人は信じておるのだ。仕方なかろう」

「ありえません……非科学的です……」

実際、転生者である事実には、変わりないのだが。

ルイーゼはセシリア王妃の生まれ変わりなどではない。むしろ、記憶はあいまいだが、彼女を殺した側の人間だ。意味のわからない妄想を押しつけられても困る。

だいたい、ルイーゼが国王に対して、なにかあるわけがない。

王宮主催の夜会であいさつを交わしたのが最初で、その後も、数回エミールの教育について謁見しただけだ。

それに、言いたくはないが、彼には前世で煮え湯を飲まされている。いまさら、どうでもいいが、顔をあわせるのが気まずい相手トップファイブには入るだろう。

第一、王妃になどなったら、バッドエンド確定だ。

刺されて死ぬしかない。迸る野心が解放されるかもしれない。国王を毒殺して実権を握りたくなったら、どう責任をとる気だ。

「こうなったら、陛下に嫌われるしかあるまい」

カゾーランが、うなりながら腕を組んだ。

どこで見初められたのか謎である以上、ルイーゼも、それが最善策だと考える。

「どうしましょう。わざと粗相をしてみましょうか。食べ方が気持ち悪い令嬢なんて、絶対に嫌われますわよね」

「いや、陛下は礼儀やマナーには寛容だ。あのセザールが許されておるくらいだぞ」

「あー、たしかに……」

「それよりも、いつものように殺気立った眼で睨むほうが効果的であると、カゾーランは考えるが。

いっそのこと……陛下に斬りかかってみるか？」

「いやいやいやいや、そのようなことをして、処刑エンドになったら、どうするのですか！　国王様は、どう考えても武術はイマイチですもの。エミール様のように、怯えてしまったら最悪ですわ！」

「陛下とて、死線を潜ってきた漢である。多少運動音痴であらせられるが、肝は据わっておるよ。大丈夫。このカゾーランが全力で減刑を訴えよう。また来世でがんばればいいのだ」

「処罰前提ではありませんかっ。来世からがんばるなんて、絶対に嫌ですわよ！」

いずれにしても、王妃コースは絶対に阻止しなくてはならない。ルイーゼのハッピーエンドライフのためにも、絶対にだ。

加えて、エミール排斥の危機でもある。

喜ぶのは、ロリコン疑惑の国王と、新王子誕生を望む臣下の面々、エミールを国王に据えなくて済む国民と――あら、意外と多いですわね。むしろ、大歓迎？

「と、とにかく。国王様に、どうにかして嫌われましょう」

5

兎にも角にも、徹底的に国王から嫌われる必要がある。

処刑されない程度に、だ。

ルイーゼが屋敷へ帰ると、早速、明日の日付で晩餐会への招待状が届いていた。しかも、それを受け取ったシャリエ夫人が、また適当に承諾の返事をしてしまったらしい。

屋敷中は大騒ぎであった。

主に、親馬鹿公爵が暴れ狂い、「ダメだー！　ルイーゼは婿をとるのだ。国王陛下が相手では、逆に嫁に持っていかれてしまうではないかー！　しかも、どう考えても、年の差趣味の変態ではないかー！」と、叫んで高価な壺やら、絵画やらを投げ捨てていた。

「あら、でも、ルイーゼが王妃様になれたら、毎日王宮へ行く口実ができるではありませんか。ふふ、近衛騎士の若い衆を拝見するのが、楽しみなのよ。期待しているわ、ルイーゼ」

「は、はあ……」

夫人は夫人で、ルイーゼに適当な期待を寄せている。

「ちなみに、最近のお気に入りはカゾーラン伯爵のご子息なのだけど……ルイーゼはお話しするのでしょう？　今度、わたくしにも紹介してくださる？」

「ユーグ様には絶対に話しかけてはいけません。ええ、絶対に話しかけてはいけない人種です。観賞のみに留めたほうが、精神衛生上安定しますわ、お母様」

「あら。それは、きっと恋ですわね」

「適当すぎますわよ」

普段、ユーグは事務方で籠りがちなうえに、父親と同じく社交界にはあまり顔を出さない。故に、彼の美しい見目だけで判断してキャーキャー騒ぐ貴婦人は意外と多かった。その全員に、あの清々《すがすが》しいほど開き直ったオネェ姿を見せてやりたい。

「ルイーゼェ！　頼むから、陛下だけはやめてくれぇ！　わしが悪かった！　結婚はまだ先でも構わんから、陛下だけはダメだー！」

公爵は公爵で、泣きながらルイーゼにすがりついてくる。自分が言い出した結婚話なのに、まったく、あとさき考えていない馬鹿親だ。

普通は、「よくやった。これで、わしも外戚《がいせき》として権力を得られる！」などと言ってもおかしくないはずなのに。

いまさら思うのだが、シャリエ家は全体的に身の丈にあった無欲な人間がそろっている。

ルイーゼが今世で野心を持たず、穏便《おんびん》なハッピーエンドを目指そうと決意したのも、この両親に育てられたからだろう。

もっと野心家の家に生まれていたなら、徹底的な悪党の道を進んでいたかもしれない。まあ、刺されて死ぬとは思うが。

煩わしい家族だが、その点は感謝しているつもりだ。

「ルイーゼェェェエエエ！」

「お黙りくださいませ！」

未だに泣きついて離れない父を鞭で叩いて引っぺがす。

それでも尚、すがりついてくるあたり、なんだか彼もジャンと同じアレのような気がしてならなくなるのだった。


シャリエ家の面々に見送られ、ルイーゼは王宮へとくり出す。

国王陛下の私的な晩餐会に呼ばれてしまった。

この窮地を乗り切るか否かで、ルイーゼの未来は大きく変わるだろう。

刺されて死ぬか。

ハッピーエンドか。

「こちらだ」

晩餐の間へは、カゾーランが案内してくれた。

フランセール王宮では、食事の場所が定まっていない。その日の天気や主催者の気分、または給仕係の意見でテーブルの位置が変わる。

この日は小雨が降り、肌寒い。よって、外の見えない真珠の間で行われるようだ。

そう聞かされていたので、ルイーゼはわざと、白壁の部屋にはそぐわぬ真っ赤なドレスをまとっていった。

私的な晩餐会には似つかわしくない華美な装いだ。こってりと宝石のはまった指輪や、夜会向けの派手な化粧も施した。

場を弁《わきま》えない女は、まず印象が悪くなる。

徹底的に嫌われるのです！

ルイーゼは決意し、真珠の間へと踏み込んだ。

「こんばんは、国王様。お招きいただきまして、光栄にございますわ」

ルイーゼはあいさつしながら、スカートの裾をつまんだ。

「よい、顔をあげなさい」

あまり仰々《ぎょうぎょう》しくない、スッキリとした丸テーブル。純白のクロスの上には、すでに銀食器が用意されており、甘い芳香の蜜蝋が灯っている。

王宮の主たる国王アンリ三世がルイーゼを待っていた。

ブルネットの髪やスッと通った鼻筋、やや垂れた目尻などはエミールとよく似ている。優美に笑みを描いた口元には年齢を感じるものの、青年のように思えた。濃紺の衣装が落ち着いており、白を基調とした真珠の間に、よくあっている。

「座ってくれたまえ」

「ありがとうございます」

アンリはルイーゼに着席をうながして笑った。ルイーゼは礼をとって微笑んだ。

と、危うく、くせで敢えて粗相を犯すというプランを忘れるところであった。ルイーゼは我に返って、静かに意気込む。

よし、ここは！

「あ、あ～れ～」

ルイーゼは踵《かかと》の高い靴に足をとられ、そのままヨロヨロとバランスを崩してしまう。

もちろん、ふりである。この程度で転ぶなど、社交界では失笑ものだ。ベタな手段だが、出会い頭には適当だろう。

「おっと」

だが、崩れるルイーゼの身体を、アンリが素早く支えてしまう。

これは、ダメなヤツでは？

少女漫画のような場面になってしまい、ものすごく気まずくなる。ドキドキというよりも、ひやひやという気持ちであるが。

「ご、ご令嬢。そ、そんな粗相をするなど、な、なんてはしたない方なんだー！」

事前に打ちあわせしていた侍従長がルイーゼを罵るセリフを読みあげる。ものすごく緊張していることがわかり、もう演技だとバレバレだ。

「こら、爺。そう言うな。公爵令嬢は緊張しているのだろう。よい、許す」

むしろ、緊張しているのは侍従長様なのですけどね！

部屋の隅で、玉砕した侍従長が座り込んでしまう。年老いた侍従長には、これが精いっぱいの演技だった。燃えカスのようになった老人に対して、ルイーゼは心中で、「ご愁傷《しゅうしょう》様です」と、労《ねぎら》いの言葉をかけた。

まだまだですわ。プランB発動です。

「ありがとうございます」

ルイーゼはアンリから離れながら、用意していた表情を意識的に作った。

唇はできるだけ口角をつりあげる。眼は獲物を射殺す矢のように鋭く、冷たい氷を意識した。泣く子も黙らせる自信のある殺気を発し、ルイーゼは禍々しい声を漏らしてみせる。

海賊時代に女子供を蹂躙《じゅうりん》しながら、こんな顔を浮かべていた。今世のルイーゼは、これを『ゲス顔』と呼ぶ。

さあ、これでどうだ。これでも、まだこんな女を嫁にしたいと思うのですか！

「……そんなに見られると、照れてしまうではないか」

予想に反してアンリは顔を赤らめながら、視線を逸らしてしまった。

「セシリアも、本気で怒るとそんな顔をしていたな……私はなにか、そなたを怒らせることをしたか？」

いやいやいや、ちょっと待ってくださいよ。王妃様はこんな顔しませんでしたよ。たしかに、怒るとビックリするほど怖かった気もしますが、ここまで禍々しくなかったと思いますけれど⁉　思い出補正にもほどがあるのでは⁉

「わ、わたくし、そんなに王妃様に似ているのでしょうか？」

前にも、エミールに同じ質問をしたが、今度は別の意味で聞きたくなってしまった。どちらかと言うと、セシリア王妃の名誉のために。

「似ておる。仕草や表情、立ち居振る舞いが、そこはかとなく」

エミールと似たような答えだった。

「国王様は、わたくしを王妃様の生まれ変わりだと言ったとか……？」

「恥ずかしいな、そのようなことまで伝わっているのか」

エミールと比べて、アンリのセシリア王妃に関する記憶ははっきりしているはずだ。その彼が似ていると言っている。これは、無視できる証言ではなかった。

ルイーゼは困惑するばかりである。

無意識に、セシリア王妃の仕草を真似てしまっているに違いない。今世では、令嬢修行に切磋琢《せっさたく》磨《ま》していたつもりだが、修練が足りなかったのだ。

改めて、令嬢修行をやり直す必要がありそうだった。

「そうですか」

ルイーゼを見つめるアンリの瞳に熱のようなものを感じる。

懐かしむような、慈《いつく》しむような。愛しくて仕方のない者を見つめる視線だった。

覚えがある。

セシリア王妃を見つめるときのアンリは、いつもこんな顔をしていた。

ああ、そうか。ルイーゼは納得した。

アンリはルイーゼを亡き王妃と重ねているのだ。エミールの教育係に指名したのも、後妻にすると言い出したのも、そのためだ。生まれ変わりだと信じているという話も、嘘ではないと思う。

これは、ルイーゼに向けられるべき感情ではない。

ルイーゼは彼の想い人などでは、ないのだから。

「婚約者を探していると聞いた」

アンリのまなざしは、ルイーゼを見ているわけではない。

「ええ、そのお達しを、父が出しました」

……では、王妃様が絶対にしなかったことをすればいいのですね？

ルイーゼの頭に、パッと名案がひらめいた。

「国王様、そう。わたくし、結婚相手を探しております。ですから、大事なお話がございますの。ええ、本当に結婚するなら、とてもとても重要な事項ですわ……ジャン、前へ」

ルイーゼは、部屋の隅に立たせていたジャンを呼びつける。

護衛のカゾーランが嫌な予感を察知して、顔を歪めていた。

「実は、わたくし……密かな趣味があるのですわ」

ルイーゼはドレスの中から、スッと鞭を取り出して笑った。

鞭をしならせるルイーゼの前に、示しあわせたようにジャンが跪く。

ルイーゼは躊躇なく鞭をふりあげた。

「よろしゅうございます、お嬢さまッ！」

ベシィンッと、晩餐会の場には似つかわしくない音が鳴り響く。

ジャンがうめくが、ルイーゼは構わずに肩や背に、二発三発と鞭をふり降ろした。ついでに、垂れ下がった頭を踵で踏みつけ、高らかな笑い声をあげる。

「おーほっほっほっ！　わたくし、こうやって殿方を打つのが趣味なのですわ。ああ、楽しい！ふふふふ、あーはっはっはっはっ！」

「はあ、はあ……ッ！　お嬢さま、今日は大変よろしゅうございます！　久々のマトモなお仕置き、ジャンは嬉しゅうございますよッ！」

いつもより大きな声で笑いながら、ルイーゼはジャンを打ち続けた。

部屋の隅で侍従長が魂の抜けた殻のように放心している。カゾーランも、ひやひやとした表情で固唾を呑んでいた。

周囲の反応など関係ない。アンリがショックで結婚をあきらめてくれればいいのだ。

これはさすがにドン引きにございましょう！

いくら健全な行為とはいえ、この場には似つかわしくない。国王の前で、いきなり従者を鞭打つ令嬢など前代未聞のはずだ。

ルイーゼは勝ち誇った笑みで、アンリの顔を確認した。

が、しかし、――。

「……羨ましいではないか」

打ちのめされるジャンを見て、恍惚のまなざしを向けるアンリ。

さきほどまでとは、少し違う。

「こ、国王様？」

アンリは素早く身を屈め、ジャンの隣に並んでしまう。

「羨ましいではないか！　さあ、私にも！」

ルイーゼは思わず鞭を止めた。

「え、ちょ、そ、それは……というか、なんなのですか、このパターンは！」

カゾーランはむしろ国王に斬りかかる勢いで望めば嫌われると提案していたが、まさか、国王自ら鞭で打たれにくる展開は想定外だ。

部屋の隅で侍従長が泡を吐き、カゾーランはすっかり表情の失せたスーパー悟り状態だった。

「よろしゅうございます、お嬢さま。このジャンに、もっと！」

「羨ましいではないか、今度は私を打つがよい！」

「こんなの……想定外にございます！」

わけのわからないことを訴える国王と執事を前に、ルイーゼは鞭の行き場を失くしてしまった。

どうしよう。

父上と結婚したら、ルイーゼが死んでしまう！

気絶してしまったので、よくわからないが、そうらしい。

もしかすると、シエルと結婚できないと言っていたのは、父と結婚するつもりだから？

ルイーゼは違うと主張しているが、野心家だ。

ときどき、禍々しい悪魔のような笑みで、いろいろなものを狙っている。しばらく一緒にいるせいか、エミールにはわかるようになっていた。

「あ」

嫌な予感がする。

このままだと、エミールはルイーゼを『母上』と呼ばなくてはならない。

四つも年下で、教育係ですら違和感があるのに。今度は母上！

「え……うーん？」

おかしい。たとえ、「世間ではこういうものですよ」と教えられたとしても、どうも納得がいかない。

というよりも、母上と呼ぶのは抵抗がありすぎる。引っかかるというか、なにかが燻ぶって居心地が悪い。胸が痛くて、なんだか悲しくなってくる。

ルイーゼがシエルに結婚を申し込まれているときと、似ていた。怖くもないのに、泣きたくなってくる。

ルイーゼはエミールの母に似ていると思う。

家族になるのは嬉しいし、そうすれば、もっと、そばにいられる。

ルイーゼが王宮に住んでくれたら、とてもとても、楽しいだろう。

エミールが損をすることはない。むしろ、喜ばしいはずだ。

なのに、泣きたくなってしまうのは、どうして？

「うぅ……」

エミールは弱々しくうなりながら、部屋の扉に近づいた。

ルイーゼが蹴りをお見舞いし、カゾーランが戦車《チャリオット》のように突っ込んできたせいで、蝶番《ちょうつがい》がガタガタだ。外界と室内を隔てる唯一の盾だというのに、満身創痍《そうい》である。

触るだけでギィギィ音を立てて、扉は簡単に開いてしまった。

「お待ちしておりましたよ、殿下」

立っていたのは、思いもよらない人物だった。

エミールはとっさに隠れようとする。しかし、限界だったのか、扉がガッターンと大きな音を立てて倒れてしまった。

「さあ、参りましょう」

怯えるエミールの前に手を差し伸べたのは、シエル・クレマン・ド・カスリール——見習いの近衛騎士で、ルイーゼに結婚を申し込んだ少年であった。


この惨状を、どう収拾すればいいのかしら。

ルイーゼはすっかり表情が抜け落ちたまま、会食の席についた。

部屋の隅からは侍従長の「陛下が……陛下が……陛下ぁぁあああっ！」という悲痛の叫びが響き、カゾーランは一周回って悟りを開いた釈迦《しゃか》のような顔になっている。

ジャンは「もっと、打ってくださってよろしゅうございますのに！」と物欲しげに叫び、目の前ではアンリが「くっ……羨ましいではないか。なぜ、私にはなにもないのだ！」と文句を言いながら着席していた。

この状況をおさめる力など、わたくしにはありませんわ。七人分もの前世がありながら、なんと情けない。七人とも大事なときに使えない前世ですわね。

ルイーゼは乾いた笑みしか浮かべられなかった。

前世で幾度も修羅場に遭遇してきたが、さすがに、これはひどい。まさに地獄絵図。混乱した戦場よりもひどい。どうしてこうなった！

だいたい、ロリコンに加えてドＭも暴露した、目の前の国王がすべての元凶なのだが。

「あの、国王様……」

「なんだ、打ってくれるのか？」

「ち、違います！」

ルイーゼが即座に否定すると、アンリは口惜《くや》しそうに頬杖をつく。だが、まじまじとルイーゼを見据える視線は外さなかった。

「セシリアは容赦《ようしゃ》なく殴ってくれたのだがなぁ」

「王妃様って、そんなキャラでしたっけ⁉　いえ、そんな性格なのですか⁉」

「可愛いであろう？」

「いいえ、全然！」

知らない。そんな王妃様、知らない。

え、この夫婦、わたくしに隠れてなにを？　いえ、正確には前世の話ですけれど。それとも、また記憶にないだけでしょうか。

いやいやいや、涼しげな顔で爆弾発言は何度もされましたが、日常的に国王を殴るだなんて、そんな……。

ダメですわ。混乱して、もうなにを信じればいいのか、わかりません！

「ああ、そういえば、いつもこっそり蹴られておりましたなぁ」

どうして、あなたは知っているのですかっ！

サラッと昔を思い出すセリフを吐くカゾーランに、ルイーゼは批難の目を向けた。どうやら、またアホの前世が知らなかっただけのようだ。ああ、本当に使えない恋愛脳のダメ前世！

「そ、それはまことか、カゾーラン殿……ああ、陛下……そんなに前から……」

侍従長も知らない仲間だった。年寄りには刺激が強すぎたらしく、また泡を吐きながら脱力している。

ルイーゼはなにも悪くないが、なんだか、申し訳なくなってきた。

「いや～ん。もうっ、陛下ったらぁ。そんな顔で見つめられたらぁ、ルイーゼぇ、困っちゃう～。キャピッ☆キャピピーンッ☆」

もうなんでもいい。苦し紛れに必殺ブリッ子を披露してみた。

大変不本意だが、ジャンやユーグに言わせれば、「気持ち悪い」らしい。最近、自信を失くしているのだ。

ルイーゼのブリッ子を見て、死にかけだった侍従長が生気を取り戻し、親指を立ててグッジョブサインを出している。カゾーランに至っては、「それだ、それでいくのだ！　それなら、陛下にも嫌われるはず！」とばかりに熱い視線まで送ってくれていた。

こんな風に応援されても、嬉しくない！　フランセール人は見る目がない！

「ふむ、気持ち悪さがいい味を出しているのではないか？　一種の言葉攻めのようではないか。間接的に罵られている気分になるな。悪くはないぞ」

アンリには、逆の意味で効果抜群のようだ。

ダメだこいつ、早くなんとかしないと。

ルイーゼとしては、喜んでいいのか悪いのかまったくわからない。自尊心が深く傷ついた。落とし文句が気持ち悪い言葉攻めの一種扱いとは、なにごとか。むしろ、言葉攻めの意味が本来の用途とも違う。

生気を取り戻していた侍従長は再び動かなくなり、まるで屍だった。カゾーランは開き直って仏の笑みだ。そのまま、瀕死の侍従長を極楽まで導いてくれるだろう。

ジャンのみが「陛下、尊敬いたします！　ジャンは、まだその境地には至っておりませんでした。よろしゅうございます！」とアンリを賛美していた。

「公爵令嬢」

周囲の惨状が目に入っているのか、いないのか。すべての元凶であるアンリは真剣な表情で、ルイーゼに向き直る。

アンリは席を立つと、長い脚でゆっくりとルイーゼの前まで移動した。

「その……私は、だいぶ歳も離れている。だが、そなたには苦労させぬつもりだし、条件があればできる限り呑もう。エミールも懐いているという話だし、きっと、喜ぶはずだ」

アンリの告白を聞き、ルイーゼは身を硬直させた。そんなルイーゼの手を、アンリはおもむろに握る。

熱を帯びた視線を向けられ、ルイーゼは閉口した。

「国王様……」

やはり、彼が見ている者はルイーゼではない。

同時に、アンリが焦がれて取り憑《つ》かれている幻想を見せているのは、自分だとも自覚する。

「年甲斐もないと思われるかもしれないが、私は本気で――」

「国王様は私にエミール様を一流の殿方に仕立てる仕事をお与えになりました。そう認識しておりましたが、間違っておりましたか？」

アンリの声を遮って、ルイーゼは腹の底から声をしぼった。

幻想を見せているのがルイーゼだと言うのならば、それを砕く役目もルイーゼにある。

「いま、国王様がなさろうとしている行為は、エミール様を蔑《ないがし》ろにしていると感じますわ」

ルイーゼは立ちあがり、気丈にアンリの手を解いた。

「わたくしに、エミール様の代わりの子を産めと？」

「そのような――」

「周りは、そうは感じておりません。新しい妻を迎えるとは、そういうことではありませんか？　王子を産むのは、王妃に課せられる使命なのですから。国王様は、それがわからないほどの無能ではないでしょうに」

実際、侍従長とカゾーラン以外の臣下はそう考えているのだ。アンリにその気がなくとも、周囲は必ずルイーゼに王子を望む。そして、エミールを疎むだろう。

そんなこともわからない愚王ではないはずだ。

「それとも、国王様はエミール様を疎んじておられるのですか？　十五年、エミール様をあのような状態で放置してきたのは、間違いなく、国王様の責任でございます」

言葉で刃を設え、突きつける。

「国王様はいつまで、エミール様からお逃げになるおつもりですか。エミール様はとても素直な人です。どうしようもない軟弱者で、逃げ癖もあります。でも、あの方なりに、外の世界を見ようとなさっています。無理だ無理だと泣きながら、亀のように歩いております。情けないお姿ですが、成長されています」

結婚を回避するために嫌われようとしているのではない。単純に、目の前の国王に腹が立ったのだ。

これは鞭打っておさまる類の怒りでもない。

「わたくしも貴族の娘です。ご命令とあらば、どんな結婚も覚悟しております。ですが、エミール様を蔑ろにするような結婚など、わたくしは許せません。今世と言わず来世でも、その次の来世でも、この怒りを引きずって生きてやりますわ」

殺気を発するわけでもなく、ただ純粋な憤《いきどお》りを言葉で表現した。

眼前にある問題を直視せず、先送りにして逃げている。引き籠ってしまったエミールと同じ。エミールのうしろ向きな思考は、この親に似たのだ。

まったく、面倒くさい親子ですこと。

「現実から逃げ、考えることを放棄していては、いつか身を滅ぼしますわよ」

アンリの表情が変わる。

ルイーゼは眉を寄せた。意図していたものと、違う反応をしている。なにか、おかしなことを言っただろうか。

「……やはり、そなたは――」

が、アンリが言い切るよりも早く、真珠の間に音が響く。

突然、両開きの扉が開け放たれ、一同の視線が入り口に集まった。料理が運ばれてきたのではない。

「……エミール様？」

立っていたのは、エミールだった。

昨日は部屋にバリケードを作って籠っていたというのに、こんなところまで、なにをしに来たのだろう。

しかし、よく見ると、エミールの背後には見覚えのある人物がいる。

艶のある黒髪を結い、青空色の瞳で事態を静観する少年――シエルだ。

彼がエミールを連れてきたというのだろうか。

なんのために？　ルイーゼが猜疑の視線を向けると、シエルは涼しい表情を返した。

「ほら、殿下。陛下のところへ、どうぞ」

シエルは感情の読めない声で、エミールの背を押した。

エミールは生まれたての小鹿のような動作でぎこちなく数歩前に出る。

「エミール、お前……」

アンリがようやく口を開く。

エミールは父親から声をかけられ、一瞬、怖じ気づいて止まってしまう。しかし、目尻に涙をためながらも、ルイーゼの隣へ歩みを進めた。

「エミール様？」

「ル……ルイーゼ……」

エミールは身体を震わせながら、ルイーゼの腕をつかんで引っ張る。そして、部屋の外へ出るよう、うながした。

「待て、エミール」

エミールを、アンリが呼び止めた。

アンリはエミールに触れようと手を伸ばす。だが、結局、その手は息子の手をつかむことはなかった。

「僕は！」

エミールはようやく叫ぶ。

もう泣き出してしまいそうなくらい声が大きく揺れていた。

「僕は……母上なんて、いらない」

エミールが強くルイーゼの腕を引く。

そのまま部屋から逃げてしまうつもりなのだろう。筋トレの成果が出ているのか、まだまだ一般的な男児に比べると軟弱だが、以前よりも若干、力強い。

「エミール……」

「ルイーゼは母上じゃないもん！　ルイーゼは、ルイーゼだもん！」

エミールはいままで聞いたこともないような声で叫び、そのまま走ってしまう。

ルイーゼは戸惑いながらも、エミールについていった。

ふり返ると、エミールを追えないまま、アンリが立ち尽くしていた。


「エミール様、どうしたのですか」

いままでのエミールでは、考えられない行動だった。

あいかわらず、グズグズとしたしゃべり方だし、子供みたいにボロボロ涙も流れている。足は小鹿みたいで、手の力も疲れて弱くなっていた。走ったはいいが、すぐにバテて息もあがる始末である。

「うぅ……ぐ、う……」

疲れてしまったのか、どうしてしまったのか。エミールは真珠の間から十分離れると、うずくまった。

「あの、あのッ……ルイーゼ……ごめん」

エミールは泣きながら、ルイーゼを見あげた。

「どうして、謝るのですか？」

「その……僕、勝手に……もし、ルイーゼが父上と結婚したいって思ってたら……嫌なこと、したかなって。でも、その、ルイーゼが死んじゃうと思うと、つい……」

ルイーゼは溜め息をついた。

ルイーゼが本気でアンリとの結婚を考えるはずがない。政略結婚狙いのガッツリ肉食系令嬢ならともかく、ルイーゼはひっそりハッピーエンドライフを望む草食系令嬢だ。アンリは年齢も親子ほど離れているし、好みのタイプでもない。

けれども、なぜだか皮肉で返そうとは思わなかった。

ルイーゼはエミールの頭に、ポンと手を乗せて撫でる。

「エミール様は、わたくしの気持ちを気にかけてくださるのですね」

ずっと引き籠って、独りの世界にひたっていたエミールが、他者の考えを読みとろうとしている。

いままで、「自分はこうしたい」、「こう思う」、「これはしたくない」と、主語に自分を据える発言が多かった。ルイーゼに結婚してほしくないと言ったのも、彼女を連れ去ってしまったのも、その延長のようなものだ。

だが、

「他人の気持ちを考えられるのは、心の強い優しい方だけですわ」

「そう、なの？」

「ええ、きっと。エミール様には、優しい心をお持ちになる素養があるのです」

まだ芽のような小さな思いやりかもしれない。

しかし、独りの世界から外へ踏み出すには、必要な感情だと思う。他人に興味のない人間は、外の世界を生きる強さを持てない。

この世界は、独りで生きていけるほど優しくないのだから。

「少しだけ、強くなられましたわね。見直しましたよ。ミジンコほどですが」

「みじんこ？」

エミールは拾われた子犬のような目で、ルイーゼを見あげる。

「ルイーゼみたいに、なれるかな？」

「それは調子に乗りすぎです。まだまだにございますわ」

ルイーゼは軽く笑いながら、エミールを立ちあがらせる。

手を繋ぎながら、今度はルイーゼがエミールを誘《いざな》って歩きはじめた。いつもと同じだ。

「ルイーゼに手を繋いでもらうの……僕、好きだよ」

エミールが俯きながら、つぶやく。

「でも、さっき、ルイーゼの手を初めて引いて……僕、もっとがんばろうと思った。いつまでも、ルイーゼに引っ張ってもらってちゃ、ダメだよね」

「当然にございます。独り立ちしていただかなくては、教育係の意味がございません」

「……うん……でも、ルイーゼの手、ずっと握っていたい……今度は僕が上手く引いて歩けるように……が、がんばる」

「まあ！　エスコートですか。楽しみにしておりますので、死ぬ気でがんばってくださいませ」

再び前向きになってくれたようだ。もう縛りあげて引きずり回すしかないと思っていたので、ルイーゼとしても助かる。

まだまだ一流には程遠いのだが、後退しなくてなにより。進歩しているだけマシである。

「そ、それで、ルイーゼ。父上と、結婚したいの？」

「ありえませんわ。論外にございます」

再び話題を戻されて、ルイーゼの顔から表情が失せた。先ほどまでの惨状を思い出すと、いまでもゾッとする。

エミールに対して、「あなたの父君はロリコンのドＭで、加えて、母君にはドＳ疑惑がありますわよ」と告げる気にはなれない。

そういえば、あの場に瀕死の侍従長と、悟りきったカゾーランを置いてきたが、大丈夫だろうか。エミールに連れられて勢いで出てきたのは、まずかった気がする。

おまけに、シエルまでいた。

どうして、シエルが？　以前から引っかかっていた事柄もあり、ルイーゼにはシエルの真意が読めなかった。

どうしても、猜疑の目で見てしまう。

シエルは、大きな嘘をついている。それだけは、確かなのだ。

「じゃあ、シエルは？」

面倒だ。ルイーゼは息をつき、エミールをふり返った。

「それですが、エミール様。実はシエル様は――」

憶測の域を出ないが、ありのままを伝えると、エミールは目を見開いたまま、硬直した。


カスリール侯爵邸。

勤めを終えた少年を迎えて、屋敷の門が開いた。

シエルは敷地内へと馬を進め、帰宅する。

「おかえりなさいませ、シエル様。ミーディア様がお待ちです」

屋敷へ入ると、使用人たちが頭を下げる。

ミーディア——双子《ふたご》の妹の名を聞き、シエルは軽くうなずく。

「おかえりなさい、お勤めご苦労様です」

部屋を訪れると、ミーディアが寂しげな顔でふり返った。自分と同じ、艶のある黒髪と青空色の瞳を持った少女だ。

性別は違うが、同じ顔の兄妹である。

自分と同じ顔が哀しそうに目を伏せていた。

「ごめんね」

「いいよ、気にしないで」

ミーディアは悲嘆に暮れながら、窓の外に視線を移す。

「こんなことしたって、意味がないのかもしれない」

いまにも泣きそうな声で、ミーディアはシエルのほうへと歩み寄る。口づけしそうなほど距離が詰まる存在に、シエルは瞳を揺らす。

「もう少し……このままでいよう。おねがいだから」

そう言い出したのは、シエルだった。

ミーディアに発言の暇を与えず、シエルは踵《きびす》を返す。

もう少しでいい。

少しでも、長く想い人のそばにいたい。近づきたい。

そんな馬鹿な考えに頭を占領されながら、シエルは妹の部屋をあとにした。

6

「僕、もっとがんばるよ！」

そう意気込んだものの。

「まったく……限度がございましょう」

「う、うぅ……」

ルイーゼはベッドに横たわるエミールを見下ろして息をついた。

昨夜、ルイーゼを連れ去ったあと、エミールは無事に自室へ帰った……はずだったのだが、なにを思ったのか、夜通しで筋トレをしたらしい。

体力もないくせに無茶なトレーニングをして、筋肉痛と発熱に襲われている。

「僕がんばるもん……がんばるんだから……」

「わかりましたから、いまは寝ていてください」

エミールは目をグルグル回しながらノックダウンしている。筋肉痛で寝込むとは情けない。この際、自分のことは思いっきり棚あげする。

やる気に火が点《つ》いてくれたのは嬉しいが、焦りすぎだ。いつもほどほどにと言っているのに、無茶をする王子である。

「なにか栄養が高そうなものを作ってもらいますので、少々お待ちください」

ルイーゼはそう言い残して、エミールの部屋を出る。

カゾーランがバリケードごと破壊したせいで、部屋の扉は大破していた。後日、職人が来て直すらしい。今度は外開きで、鍵がかからない扉を注文しておいた。

「お嬢さま、ご用ならジャンが承りますよ」

ジャンが執事らしいことを言う。だが、ルイーゼはその申し出を断った。

「いいのですわ。少し、野暮用がありますから。あなたは、エミール様の介抱でもしていてください」

「そうでございますか。でも、いまの殿下はジャンをいたぶる気力などございません」

「放置プレイだと思っておきなさい」

「よろしゅうございます！　お嬢さま、ジャンは亀甲縛りがようございます！」

「わかりました、亀甲縛りにしましょう」

そう言って、ルイーゼはジャンを縛りあげておく。これで問題はない。

「きっこーしばりって、なに？」

「とても楽しゅうございますよ、殿下！」

　というエミールとジャンの会話は、無視した。

　ルイーゼは安心して、王宮の回廊を進む。

　念のために、ジャンから木刀も預かっておいた。ドレスに木刀を提げて歩く格好になったが、護身用なので問題ない。少々、奇異の目で見られるが、エミールのおかげで慣れていた。

　やがて、辿りついたのは、いつかの薔薇園だった。

　以前はカゾーランが美しい筋肉を晒して鍛錬に励んでいたが、今日は静かなものだ。噴水の水音が清らかに響いている。

「ここにいらしたのですね、シエル様」

　薔薇園に佇む少年の姿を確認して、ルイーゼは明朗な声で告げた。

　少年――シエルはゆっくりとふり返る。ひとつに結った長い黒髪が尻尾のように揺れ、青空色の瞳に微笑が浮かんだ。

「こんにちは、ルイーゼ嬢」

　シエルはていねいに一礼すると、すぐにルイーゼのもとへ歩み寄った。

　彼は騎士の礼儀に則って片膝をつくと、ルイーゼの指に軽く唇を落とす。ルイーゼはその一連の所作を、少し冷めた目で見据えた。

「どうしましたか？　そんな顔をして」

　シエルは不思議そうに首を傾げつつ立ちあがる。

「不可解なのですわ。わたくしには、シエル様の目的がわかりませんので」

「目的ですか。なんのお話でしょう？」

シエルが近づくので、ルイーゼはあとずさった。だが、すぐに背後の柱に追い詰められてしまう。

シエルは柱に片手をつき、ルイーゼの退路を断った。

いわゆる、壁ドンである。

逃げられない。

ルイーゼは悟って、気丈にシエルを睨んだ。多少、殺気も出ているかもしれない。

「わたくしに求婚した意図も、エミール様を真珠の間へお連れした意図も、わかりません」

「意図ですか。そうですね。前世でかなわなかった恋の成就を、今世で望んでいるから、というのは、いかがでしょうか？　陛下とあなたが結婚されるのは、困りますから」

「それで筋を通しているおつもりですか？」

「通っていませんか？」

シエルは、セシリア王妃の生まれ変わりであると告白した。

たしかに、前世でルイーゼはセシリアと結ばれ損ねた。アホの前世がグズグズしているうちに、横から政略結婚でセシリアをかすめ取られてしまったせいだ。情けない黒歴史である。

ルイーゼの結婚を阻止するために、シエルがエミールを利用したのも、筋が通っていると言えば、通っている。

あの場では、シエルが割って入ることは処罰の対象となる可能性もあった。けれども、王子であるエミールならば、処分を免れる。実際、あの件に関してアンリは、まだなにも発言していなかった。

だが、それには、ある前提が必要なのだ。

「本当に、わたくしの結婚を阻止するためだったのでしょうか？」

ルイーゼはまっすぐシエルを睨む。

シエルは、怪訝そうに眉を寄せた。

ルイーゼは素早く腰に下げた木刀に手をかける。その気配を察知して、シエルは距離をとろうとした。

「甘い、遅い、ヌルイですわ！」

木刀が風を裂いてうなる。

シエルは剣を鞘におさめたままガードしようとする。が、ルイーゼのほうが圧倒的に速い。シエルの手から剣を払い落とした。

次いで、低く構えて刺突。

シエルは間一髪で顔を逸らして攻撃を避けた。

木刀の先が長い黒髪をかすめる。

鋭い一撃にリボンが切れ、結われていた黒髪が背に広がった。

「あなたがわたくしに求婚など、ありえないのですわ。シエル様。だって、あなたは——女性にございましょう？」

初めてダンスを踊ったときから、ルイーゼは気がついていた。

だいぶ鍛えているが、シエルの身体は男のものではない。引き籠りのエミールでさえ、骨格や肉のつき方は男のそれだとわかる。

だが、シエルは全体的に丸くて華奢だ。触れるまではわからなかったが、ダンスで密着すれば一目瞭然だった。

詐欺師のころに男装は十分に研究した。男装の女性を見抜くなど、ルイーゼには容易《たやす》い。

「それに、どうしても違和感があるのです。あなた、王妃様の生まれ変わりなどと言っておりますが、本当にそうなのでしょうか？」

「疑り深いのですね……たしかに、僕――いいえ、わたしは女です。でも、前世の記憶を持っているのは確かですよ？」

「そうでしょうか？　たとえば、前世のわたくしがダンスを苦手としていた件ですが、おそらく、王妃様しか知らなかったでしょう。しかし、引っかかるのです」

「……どういうことですか？」

シエルは怪訝そうに表情をしかめた。一方、ルイーゼはニヤリとしたたかな笑みで返す。

シエルは、あのとき、明らかに流れていたワルツを示して「クロード・オーバンはダンスが苦手だった」と言った。

だが、それはありえないのだ。

「わたくし、いいえ、わたくしの前世が苦手だったダンスは一曲だけ。ロレリアに伝わる民謡舞踏ですわ」

前世での身体能力は非常に高かった。得意ではなかったが、一般的なダンスは、基本を押さえれば楽に踊れたのだ。

「あれは、社交界で踊るダンスではなかったのです。王妃様には、よく誘われましたが、完璧に踊りこなす人間は、ほとんどいらっしゃいませんでした。圧倒的なセンスが必要でしたから。根暗だったので、壁際でぼっちを満喫している機会が多く、勝手に苦手だと勘違いしている人はいたかもしれませんが……少なくとも、王妃様は下手《へた》だとは思っていなかったはずです」

つまり、シエルは、なんらかの手段で、前世のルイーゼが「ダンスを苦手としていた」、「いつもセシリアの足を踏んでいた」という断片的な情報のみを知っていたのだ。

だがそれは、セシリアの目線ではない。

「はあ……やっぱり、少々無理がありましたか。まあ、ちょっとした悪戯のつもりでしたから、いいんですけど」

シエルは自らの失言を突きつけられ、観念したように肩をすくめた。

「あなたの言う通り。わたしは、セシリア様の生まれ変わりではありません」

やはり。ルイーゼの憶測は当たっていたようだ。

「わたしの名は、ミーディア。双子の兄シエルと入れ替わって、ここにいます。そして、わたしの前世の名前は、ドロテです」

その名を聞いて、ルイーゼは表情を固まらせる。

眉間にしわを寄せ、ものすごく不細工な顔をしていると思う。

「…………誰のことだったか、まったく思い出せないのですけど」

ドロテ……ドロテ……誰の名前だったかしら。

前世でつきあいのあった女性は限られる。覚えていないということは、ない。と、思うのだが、思い出せない。

「えーっと……えーっと……」

ルイーゼが目を泳がせていると、シエル、いや、ミーディアが嘆かわしそうに項垂れた。

「そうですよね。でしょうね。やっぱりね！　思い出せるはず、ありませんよね。わたしの前世は……あなたの馬なのですから！」

「え？」

え？　いま、なんて？

「う、うま？」

「はい、馬です」

馬の生まれ変わりですか⁉

ルイーゼは叫び出しそうになるのを必死で抑えた。

目の前で病んだような薄暗い笑みを浮かべるミーディアを見ていると、叫んで確認するのが申し訳なくなったのだ。

「馬ですよ、馬。あなたの馬！　でも、あなたは前世でわたしの名を一度も呼んでくれなかった。セシリア様がドロテと名づけてくださったのに、忘れていたんですねっ！」

「わ、わたくしの⁉　と、言いますと……えーっと、どのような馬だったかしら。王妃様が名づけたということは、ロレリア侯爵がくださった馬？　黒くて気性が荒かったことくらいしか、覚えていないのですが……」

「やっぱり。やっぱりですかっ。全然覚えていてくれてないっ！　わたしが毛並みの美しい最高の牝馬《ひんば》だったことも、気に留めなかったのでしょう！　ほかの騎士様たちは、みんな愛馬に名を与えて大事にしていました。わたしは、馬界では最高の美牝《びじょ》だったのに……主人に愛されない馬など、馬界の面汚《つらよご》し。わたしは馬仲間から馬鹿にされていました。あなたのせいで！　わたしはご主人様のために、せっせとがんばっていたのに！」

　ミーディアは泣きそうになりながら、ルイーゼをキツイ視線で睨んだ。

まるで、親の仇《かたき》かなにかのようだ。ルイーゼにとって前世は他人ごとだが、彼女は大いに引きずるタイプらしい。

　カゾーランもそうだが、みんな面倒な性質をしている。

「だから、王妃様のふりをして、わたくしを困らせようと？」

「そうです。それで、食いついたところで、種明かしをしようと思っていました。ちょっとした悪戯をしたって、いいじゃありませんかっ！　馬目線から見たって、ご主人様はセシリア様にデレデレでしたからね！　そのくせ、グズグズしているから、セシリア様を陛下にとられてしまったんですっ！」

「あああああああ！　もうその黒歴史の話はやめてくださいッ。恋愛脳の腑抜けた前世なんて、恥ずかしすぎます」

　今度はルイーゼが頭を抱えてしまう。馬に自分の黒歴史を突きつけられる展開など、羞恥プレイどころの話ではない。

「カゾーラン伯爵と一緒に、賊からあなたを救出したとき、ピンときました。それで、折りにつけて伯爵との会話を盗み聞きし続けていたら、大当たりです。早速、悪戯を思いつきました」

　前世はいじめっ子だったが、いじめられたことはない。

　いまさらになってブーメランされた気分で、ルイーゼは頭が痛かった。

「……あら？　待ってください。その言い草ですと、わたくしの存在に気づく前から、男のふりをして近衛騎士にまぎれていたということになりますわよね」

　言われて、ミーディアは目を逸らした。

　ルイーゼに悪戯する意図はわかった。だが、ミーディアがシエルとなって、王宮に出入りする理由が不明だ。

「そ、それは……えーっと……」

　ふと、もうひとつの疑問を思い起こす。

　彼女が、どうしてルイーゼとアンリの晩餐会に介入したのか、だ。

　単にルイーゼを自分のほうへふり向かせたいだけだったのだろうか。本人いわく、ちょっとした悪戯だったというのに？

　それは考えにくい。

「まさか、あなた……わたくしではなく、国王様の結婚を阻止しようとしていたのでは？」

　問われて、ミーディアは盛大に顔を背けた。そして、恥ずかしそうに頬を赤らめてしまった。

　まさか、ねえ？

　ルイーゼがやや冷めた目で見つめると、ミーディアはうっとりとした顔で頬に手を当てた。

「だって、陛下って馬目線で見ても素敵でしょう？」

「馬目線……ですか？」

「はい。馬目線です」

まさしく、恋する牝馬。ではなく、恋する乙女。そんな表情でミーディアは笑う。

「わたし、物心ついたころから、自分には前世の記憶があるのだと気づきました」

馬であった前世。

主人に気に入られようと、どこへでも駆けた。賢く立ち回ろうと、必死だった。

でも、主人に名前さえ呼ばれないまま終わった。戦場で怪我をして、アッサリと手放されてしまった。戦場を駆ける主にとって、走れない馬は用済みなのだ。

そんな人生。

「前世のわたし、かわいそうです……」

「まあ、そんな前世も役に立っているんですけど……」

「耳が痛い話ですわね」

ミーディアの兄・シエルが見習い近衛騎士に叙任され、王宮へ通うようになった。

だが、シエルは日に日に元気を失くしていった。

——僕には、向いていないんだよ。

シエルは責任感の強い少年であった。

彼は疑っていたのだ。自分が能力ではなく、家の権力で見習いになったという事実を。

シエルには才能があり、圧倒的に真面目だった。そして、見習いとはいえ、若くして近衛騎士となったプレッシャーも感じていたのだ。

ミーディアは、けして、シエルが権力だけで選ばれたのではないということを信じていた。

しかし、シエルの苦悩を、ミーディアは無下《むげ》にできない。

――じゃあ、わたしと入れ替わる？　気分転換もいいよ。

ほんの出来心だった。子供みたいな、ささやかな遊び。

権力に固執した両親に対する、ちょっとした反抗だ。

そのつもりだった。

シエルは女装してミーディアに。

ミーディアは男装して王宮勤務に。

少し遊んで憂さ晴らしをしたら、また元通りに生活しよう。

二人で、そう決めた。

「幸い、わたしには前世で修羅場を幾度も潜った記憶があります。シエルと一緒に剣術の稽古もしていたので、腕に自信もありました」

ミーディアの話を聞いて、ルイーゼは腕組みをする。

彼女が男装している事情は、わかった。

「でも、そのうち……お互いの生活が気に入ってしまって……」

シエルは剣の腕も立つが、もともと、刺繍など令嬢の趣味も好きであった。おまけに、言動が男前なせいか、ミーディアの代わりに茶会に出席するたび、自分のファンを増やしているらしい。もちろん、周囲の令嬢たちは、シエルのことを女性だと思っている。

これが結構楽しいようだ。

一方のミーディアは、

「で、あなたのほうは……近衛騎士にまぎれているうちに、国王様に入れ込んでしまった、と?」

「はいっ。だって、陛下ってば、馬目線で見ても素敵な方でしょう?」

「馬目線など、理解できませんけれどね!」

さきほどまでの凛《りん》とした少年の態度は演技だったのか。

ミーディアは再びとろけるような表情になり、物思いに耽《ふけ》っていた。

ルイーゼがあまり好きではない顔だ。

恋愛脳のお花畑で、虫唾が走る。

しかし、ジャンを置いてきてしまったので、ストレス発散ができない。

ルイーゼは七人分の前世を持っている。

だが、正直なところ、真面目に恋愛というものを経験したのは七回目の人生だけなのだ。むしろ、あのときの自分は、どういう頭の構造で、そのような非合理的な感情に流されてしまったのか、理解に苦しむ。

男女の仲など、駆け引きの一種でしかない。

利害の一致以外に、なにが必要なのだろう。そんなものに取り憑かれたところで、身を滅ぼすだけではないか。キャバ嬢や詐欺師をしていたころは、脳内お花畑馬鹿を相手に商売していたので、余計にそう思ってしまう。

理解できませんわ。

一方的に想いを寄せるミーディアも、死んだ妻に焦がれるアンリも、自分の前世も、ルイーゼには理解できない。

愚者に思えてならなかった。

「他人の恋だの愛だのに口を出すつもりはございませんが……いくら、あなたたち双子が似ていても、一年後や二年後には、同じようにいかなくてよ？」

双子と言えど、成長すれば男女の差は顕著になるだろう。

いまのように気軽に入れ替わって、男装や女装ができるとは思えない。十五歳のいまがギリギリ賞味期限だ。

そんなことは、ミーディアだってわかっているはずである。

「わかっていますっ。でも、いまのわたしにできるのは、これくらいしか……」

ミーディアは膝を抱えて座り込み、地面に「の」の字を書きはじめる。うっとりしたり、落ち込んだり、気分に波があるようだ。

そういえば、前世で乗っていた馬も、気分屋だった。ついでに、撫でた相手の髪の毛をムシャムシャ噛むくせもあった。

「わたし、前世ではいい扱いを受けなかったけれど、ご主人様のことは、とっても好きだったんですよ。セシリア様だって、いつも撫でてくれて……ご主人様と結婚できていたら、わたし、いつでもセシリア様に頬ずりしてもらえたのに。セシリア様を背中に乗せて走れたのに。セシリア様の髪の毛ムシャムシャできたのに」

「それ、遠まわしに、わたくしへの当てつけですわよね。むしろ、王妃様のほうが好きだった言い草ですわよね！」

「馬目線でも、セシリア様は素敵な方でした」

「否定しないのですわね」

頻《しき》りに馬目線を強調する男装の少女は、拳をグッと握って力説した。

もはや、恋愛脳がどうこうの域を超えて、意味がわからない。馬脳？

「だから、そんなセシリア様をご主人様から奪いとった男が、本当はどんな人物なのか見てやろうと思ったんですよ。前世では、少し撫でてもらったきりで、あまり拝見する機会がなかったもので」

ミーディアは切なそうな表情で、空を見あげた。彼女の瞳の色と同じ蒼穹を、雲がゆっくりと流れていく。

「玉座での堂々たるお姿はさることながら、たまに見せる身勝手な振る舞いが愛らしくて……暇があれば、エミール殿下の自室へ踏み込もうと意気込み、こっそりとあきらめて帰っていく姿のなんて情けないことか。でも、いいんです。とても、可愛らしいから。ふふ、たまに寝言を言いながら、ベッドから落ちたり、顔を洗い忘れて侍従長様に注意されたりする陛下だって、知っているんですから。窓の外にはりつくのも上手くなったし、屋根裏生活にも慣れました」

「それって、ストーカーしていますわよね。思いっきり、ストーカーですわよね！　と言いますか、それ、どこが魅力的なんですか⁉」

「すとーかー？」

「つきまとっている、という意味です」

「失礼ですね。わたしは兄の代わりとはいえ、近衛騎士見習いとして、ここにいるのですよ。陛下を随時見守るのは、健全な行為だと思いますが」

「職権乱用ですわよ、それ！」

ルイーゼの指摘に、ミーディアは眉を寄せた。

恋は盲目と言えばいいのか。それとも、馬目線では、そこまでするのが常識なのか。もしかして、前世の自分も、こんな風に見張られていたのだろうか。

「馬目線では限界がありました。人目線って素晴らしいですね」

「その願望はあったのですね⁉」

ミーディアの笑みが恐ろしく思えてくる。

この前世馬、いや、ストーカーは危険だ。

「陛下を見守り続けるうちに、自分の前世がいかに不当なものだったかを思い知りました。そして、気がついたら、ふつふつとあなたに悪戯してみたい気持ちがわいてきてしまって……」

「それで、あの求婚ですか」

「はい。でも、それは割とどうでもいいんですっ。本当にちょっとした出来心ですから。とにかく、わたしは陛下のおそばにいたいんです。なんとかしてください、元ご主人様」

「悪戯で求婚までしてきたのに、都合のいいときだけ頼らないでくださいます？」

ルイーゼが拒絶すると、ミーディアは冷めきったジト目で睨みつけてきた。こうなったのは、お前のせいだと言わんばかりに。

たしかに、ルイーゼは前世で愛馬に情を注がなかった。だからと言って無茶だ。

けれども、このままアンリの問題を放置するのも、はばかれた。

彼はルイーゼをセシリアの生まれ変わりだと思い込み、重ねている。年甲斐もなく十五の令嬢に結婚を申し込むほどに。

昨夜はエミールのおかげで逃げられたが、問題が先送りになっただけである。

どこかで修復する必要があるだろう。

「仕方がありませんわ……言っておきますが、あなたのためではなくてよ。わたくしの、ハッピーエンドに向けたプランのひとつとお考えください」

一肌脱ぐしかありませんわね。

ルイーゼは深い溜め息をついた。

余話　或る牝馬の純情１

1

風がうなり、蹄が歌う。

息を切らす間もなく、長い脚を前へ前へと出して突き進んだ。

その軍馬――ドロテは粉塵舞う戦場を、矢のように駆け抜けていった。

ただ主の操る手綱の方向へと。

「いたぞ、撃て！」

敵将を見つけたと喚《わめ》き立てる兵士たちが矢を放つ。それを嘲笑うように、黒衣の騎士――クロード・オーバンは鞭をふるった。

応えるように、ドロテは走る。

（わかっています、ご主人様！　あんなヤツらに、わたしは負けません！）

馬語で必死にアピールするが、主人には、「ヒヒィーン」としか聞こえていないだろう。

それでもいいのだ。主人の足となって駆けるのが、ドロテという馬の役目なのだから。

漆黒の毛並みをまとう身体のすぐ横を、矢がかすめていく。

当たるかもしれないという恐怖はある。しかし、たとえ命中しても、命が尽きるまで止まってやるつもりはない。

（それが、馬の美学というものです）

やがて、ドロテは主人を乗せたまま高い崖の下に行き着く。

反り立つような崖は壁のようで、とても馬が登れるものではない。ありていに言うと、行き止まりだ。

こんなところへ逃げ込んで、袋のねずみなのではないか？　と、疑問に思ったが、ドロテが口を挟める問題でもない。そもそも、人語が話せない。

主人が手綱を引いてドロテの動きを止める。

ドロテは前足をあげて大きく嘶《いなな》き、追ってきた兵たちを威嚇《いかく》してやった。

（見て見て、ご主人様！　わたし、かっこいいでしょう！）

ドロテをそこらの馬と一緒にしてもらっては困る。

ロレリア地方で育った最高級の軍馬なのだ。身体が大きくて小回りは利かないかもしれないが、馬力では負けない。

ドロテは鼻息を荒くして、無駄に威張ってみせた。追いついてきた兵士たちが乗る馬は、どれも貧相で、ドロテにはかなわない。ついでに言えば、乗っている主人もこの中では、ドロテが一番強いと断言する。

（ご主人様は、負けないんだから！　がんばって、ご主人様！）

ドロテは「ヒヒィーンヒヒィーン」と応援して、嘶いた。

「……うるさい馬だな」

（はい、ごめんなさいっ。うう、ごめんなさい！）

調子に乗りすぎて、主人に諫《いさ》められてしまった。

ドロテは頭を垂れて必死に謝るが、たぶん、伝わっていない。

「よくやったな、クロード！」

頭上から声が響く。

見あげると、崖の上から無数の弓兵が顔を出していた。

その中央で指揮を執る青年の姿。

長い赤毛を肩に流して結い、若草色の瞳に好戦的な笑みを浮かべている。均整のとれた肢体を純白の甲冑に包んだ優男は崖下に、長槍の矛先を向けた。

主人と同じく軍の指揮を任された【天馬の剣】エリック・ド・カゾーランだ。

「撃て！」

カゾーランの号令で、弓兵が矢を放つ。

矢による一斉攻撃を受けて、敵兵たちは慄《おのの》き、倒れ、陣形を崩していった。これで相手の主力騎兵部隊は壊滅である。

主人は今回、囮《おとり》となってこの地形へ兵たちを誘い込む役割を担っていたようだ。先ほどから機嫌が悪かったのは、その役回りが不服だからである。

（でも、並みの兵では、こんな働きはできませんよ、ご主人様！　元気出してください。わたしと一緒に、がんばったじゃありませんか！）

「……うるさい」

興奮して、つい何度も地を蹴っていると、クロードが煩わしそうにつぶやいた。

人間には馬語がわからないので、仕方がない。

ドロテはしょんぼりと首を落としながら、口をモゴモゴとさせてみた。


「クロード、ご苦労だな」

戦が終わって鞍から降りるクロードに、カゾーランが労いの声をかける。

人好きのする甘い表情で笑うカゾーランを、クロードは心底嫌そうな目つきで睨んでいた。ドロテも、主人の不機嫌を察知して鼻を鳴らしてやる。

「俺はお前の駒ではないぞ。二度と引き受けん」

「なにを言っておる。おぬしでないと、できぬ仕事よ。それに、このカゾーランの策に使われるのだ。ありがたく思えよ」

実際、先の戦局は非常に厳しいものだった。劣勢を覆すための策をカゾーランが講じて騎兵を壊滅させ、見事に勝利をおさめたというわけだ。

だが、クロードにはそれが気に入らないようだった。

「いくらなんでも、一人で一万人は斬れぬだろう？　このカゾーランが勝たせてやったのだ」

「お前は馬鹿か？　馬と鹿か？　自惚《うぬぼ》れるのも、たいがいにしろ。それくらいできる」

「その言葉、そっくり返すぞ」

(ご主人様、馬と鹿は聞き捨てなりません！　なんだか、馬が馬鹿にされている気がします！)

ドロテは二人の間へと割って入るように、首を突っ込んだ。

おそらく、意図は伝わっていない。なにせ、ドロテの言葉は、すべて人間には「ヒヒィーンヒヒィーン」としか聞こえないのだから。

「そうか、そうか。ドロテはすねているのだな？　おぬしもよくがんばったからな。このカゾーランが褒めておいてやろう」

カゾーランにはドロテの意図が一部伝わったのか、フサフサの鬣《たてがみ》を軽く撫でてくれた。

少し意味は違うが、労いの言葉をもらって、ドロテは有頂天になる。自分の主があまり褒めてくれないので、素直に嬉しい。

(ふふふふふ……カゾーラン様、大好き！)

カゾーランの赤毛をムシャムシャしながら、ドロテは鼻息を荒くする。

褒められると、ついつい相手の髪をムシャムシャしたくなるのだ。

「こぉら、やめぬか」

(ふふふ、やめませんっ)

主人は、あまりドロテを褒めてはくれない。手入れはするが、ドロテにとっては、とても寂しいのだ。

(いつか、ご主人様にも撫でてもらいたいです……)

これでも、ドロテは転生歴が二回ある。

一度目の馬生は荷物運びのロバだった。地味で平凡、しかし、のんびりとした平和な馬生であった。

二回目は高級軍馬だったので、張り切った。若い貴公子の初陣《ういじん》で華々しい戦場デビューを飾るはずだったのだが……混戦になって主が落馬。自分も足の骨を折って、処分されてしまった。

それに比べて、今回の主人は王国最強と謳われる首狩り騎士。【黒竜の剣】を頂いた正真正銘の勇士だ。

やっと、自分の力が活かされる。

ドロテは今世こそ、活躍してみせると決めていた。

だが、主人は一度も、ドロテの名前を呼んでくれたことがない。そればかりか、あまり撫でないし、どんなにがんばっても褒めない。そんなドロテは厩舎に帰ると、馬仲間から「主に愛されない馬界の面汚し」と罵られる日もあった。

（それでも、いいんです。ご主人様のために、尽くせるのが喜びなんです！）

「馬など、どうでもいいだろう」

「なにを言うておる。馬とて牝《おんな》だぞ、愛《め》でぬほかなかろう」

「……お前は、女なら馬でもいいんだな」

「はんッ。そんなことだから、おぬしは女心もわからぬのだ。嘆かわしい。ロレリアの令嬢には、いい加減、結婚を申し込んだのだろうな？」

「…………黙れ、女子高生でもあるまいし恋バナに興味はない」

「じょしこうせい？　こいばな？」

「だいたい、俺はお前にセシルの話をした覚えはないぞ。誰から聞いた！」

「……さては、まだ求婚しておらぬな。馬鹿な男だ。適齢期の女が、いつ帰ってくるかもわからぬ阿《あ》呆《ほう》など、待っているはずがなかろう。機を逃すと痛い目を見るぞ？」

「黙れと言っている。お前に指図される覚えなどないぞ。女子か。修学旅行で恋愛事情の探りあいをする女子か！」

「しゅうがくりょこう？　よくわからぬが、女子、女子と、さっきから聞き捨てならんな？　このカゾーラン、正真正銘の漢ぞ⁉」

「この程度でキレるなんて、小学生並みだな」

カゾーランはクロードの言葉で、かたわらにあった長槍をとる。

クロードも、応えるように腰から片刃の剣を抜いた。

二人とも、怒ってはいるが楽しそうである。

（ご主人様、がんばって！　でも、お優しいカゾーラン様も負けないで！）

さほど珍しくない日常の光景に、ドロテは目を輝かせた。

カゾーランは軍師のような役回りをする機会が多いが、感情に流されやすい。故に、だいたい些細なきっかけでカゾーランが怒って喧嘩になり、得物をふり回すのが日常茶飯事だ。

兵士たちも心得ており、誰も止めない。

むしろ、この二人を止めに入るならば、首と胴がおさらばする覚悟が必要である。

（知っておりますとも。お二人はとても仲よしだと、ドロテは知っておりますよ。ご主人様！）

割と本気で刃を叩きこむ二人の姿を見ながら、ドロテはのほほんと口をモゴモゴさせる。

（どうせ、ご主人様が勝つんですよね。もう一五八回勝ってますもんね。そういえば、まだ今日の

ご飯をもらっていませんよ、ご主人様。お腹空きましたぁ。早く終わりませんかねぇ）
ドロテは青い空を眺めるのだった。
その後、ドロテの予想通りカゾーランは通算一五九回目の敗北を記録し、「くそぉッ、やはり筋肉が足りぬのかぁぁぁあああ！」と叫びながら、一心不乱に腕立て伏せする姿が確認された。

2

戦局というものは、往々にして冬季は滞る。

冬の戦争は兵の消耗が激しい。寒さで武器を積んだ馬車が凍ることもあるし、十分な物資も用意できない。

たいがい、兵は冬営地で冬を越すこととなる。

例にならってフランセールの継承戦争は一時停戦していた。

この機を使って、主な指揮官は王都へ帰還する。クロードとカゾーランにも、王都への帰還命令が出た。


（ご主人様、かわいそう）

ドロテは馬なりに、主を心配して頭を垂れた。

この年、クロードは冬営地に残るつもりだったと思う。王都への帰還命令さえなければ。

此《こ》度《たび》の帰還命令はほかでもない。

国王のもとに迎えられた王妃との挙式が目的だった。

すでに教会での式は秋に済まされている。だが、そのときは戦火が激しく、大々的な結婚式を挙げることがかなわなかったようだ。有力な貴族も戦地へ赴いていたので、改めて、披露宴を行う運びだ。

馬のドロテは、もちろん、そんな宴に参加できない。しかし、侵略戦争を見事に退《しりぞ》けているフランセール軍の戦果を祝って、凱旋パレードが行われる。

（ふふ、ご主人様を乗せたわたしが、一番美しいはずです。こんなに誇らしいことは、ありませんっ！　みんな、わたしのご主人様を見てくださいっ！　あと、わたしもっ！）

黒一色なので、あまり派手ではないが、装飾品で飾ってもらえて、ドロテは実にいい気分だった。鼻息がいつもより荒くなる。

いままでの前世で、ロクな活躍をしないまま死んできたせいか、このような瞬間が来るのを夢見ていたのだ。

「あら、クロード。お久しぶりね！」

パレードの前。待機していると、明るい声がかけられる。

その声がセシリアのものだと気づき、ドロテは興奮した。

あたりに「ヒヒィーン、ヒヒィーン！」と鳴き声が響く。

ドロテはロレリア地方の高級馬だ。ロレリア侯爵がクロードに与え、セシリアが名づけてくれた。

ドロテはセシリアが、大好きである。

「ドロテも元気だったかしら？」

セシリアはまっすぐにドロテの前まで歩み寄り、優しく顔を撫でる。

（お久しぶりですっ、セシリア様！　ふふっ、そんなに撫で撫でしないでくださいっ。うふふ、嬉しすぎて涙が出ます……）

撫で撫でに餓えていたせいか、ドロテは鼻頭をセシリアに思い切り擦りつけてしまう。ついでに、優しい麦穂色の髪もムシャムシャ。

「ふふふ、ドロテはわたくしの髪が好きなのね」

セシリアは嫌がらず、笑ってくれた。

（これこれ！　これです！　この反応です！　わたしは、こういうのを求めているんです！）

ドロテはすっかり興奮したまま、鞍の上に跨がる主人をふり返った。

しかし、そこには表情がすっかり抜け落ち、なんとも言えない腑抜け……いや、不機嫌そうな顔があった。

（あー……そう、ですよね。ご主人様、複雑ですもんね）

クロードはセシリアに求婚するつもりだった。

だが、戦場に出ている間に、セシリアは国王と政略結婚してしまったのだ。その報せを聞いたあと、主人は、悪魔そのものの形相で戦地を駆け、敵兵の首を狩りまくっていた。

冗談ではなく、単騎で敵陣を全滅させる働きである。

カゾーランでさえも、「死にに行ったのかと思ったら、阿呆みたいに強くて困った」と言っていたくらい無茶苦茶な武勇であった。そして、悪魔のような首狩り騎士の名を諸外国に知らしめる結果となる。

ドロテは腑抜けた主の顔など見なかったことにして、再びセシリアと戯れる道を選んだ。できるなら、以前のようにセシリアを背中に乗せて歩きたい。

（はあ。ご主人様がもう少し上手くやってくれたら、いまごろは、セシリア様といつも一緒にいられたのに。そうしたら、いつでも可愛がってもらえるのに！　ご主人様が悪いんですからね！）

馬鹿馬鹿ー！　と、主人を罵りながら、ドロテは首をブルンッと震わせる。

ついでに、セシリアの髪もムシャムシャし続けた。

「……いい加減にしろ」

調子に乗って髪をムシャムシャし続けるドロテに向けて、クロードの冷気を帯びた声が落ちる。

（うう、ごめんなさい。現実逃避してました）

ドロテはしょんぼりして、渋々とセシリアの髪を解放した。

パレード用にしっかりと結われていたので、髪型は大きく崩れてはいない。もちろん、その点は気をつけて毛先をムシャムシャしたつもりだ。

あまり華美ではない純白の衣装に身を包んだセシリアは、本当にきれいだった。ロレリアにいたころも美しかったが、さらに輝いて見える。

馬目線で見ても、素敵な女性だ。

「セシリア、どうしたのだ」

ドロテが初めて聞く声だ。

見ると、セシリアを探して立派な馬車から青年が降りてくるところだった。

豊かなブルネットの髪に縁取られた顔は白く、普段、あまり外出しないことがわかる。細い肢体は頼りなく、周囲の戦士たちのものと比べると見劣りした。

軟弱そうな男だ。

笑おうとしている表情がぎこちないせいで、余計にそう思う。

「あら、アンリ様。クロードとお話しようと思いまして」

（アンリ様？　……ということは、この方が国王陛下なのですか？　ご主人様から、セシリア様を横取りして、わたしの撫で撫でライフを邪魔した国王陛下ですか⁉）

ドロテは無性に憤りを覚えて、鼻息を荒くした。

「ああ、そうか。そなたたちは同郷だったな」

アンリはセシリアの隣に立ち、馬上のクロードを見あげた。クロードはすぐに下馬し、地に膝を立てる。

「ごあいさつがあとになってしまい、申し訳ありません。両陛下」

「よい、顔をあげよ。そなたとは、あまりゆっくりと話していなかったからな。今度、カゾーランとともに食事にでも来るがよい。私の妻が故郷でどのように過ごしていたか、聞いてみたい」

「は……是非……」

やりとりを聞いて、ドロテは憐れみを禁じえなかった。

（ご主人様がかわいそう！　あんまり、いじめないでくださいっ！）

目の前でセシリアの肩を抱いたりする若い国王を蹴り倒したい思いでいっぱいだった。

クロードを見ると、顔を伏せて必死に表情を隠している。

セシリアのほうは笑っていたが、その本心は馬のドロテには読みとれない。

（あなたのせいで、わたしの撫で撫でがっ！　ご主人様の機嫌もずっと悪くて、構ってもらえないし！　あああああ、馬目線で見ても許せませんっ！）

ドロテはぷりぷりと怒って鼻をブルルンッと鳴らした。

荒ぶっているのを感じとったのか、アンリがフッとドロテに視線を移す。

目があうと、ちょっぴりだけ……ドキッとした。

いままで、戦士や貴族ばかり見てきたドロテが知らないタイプの顔だ。ドロテはスンッと鼻息を止めてしまう。

（この人……無防備すぎるのでは？　こんなに、どこからでも蹴り殺せそうな人、見たことありませんけど？　蹴っていいですか？　ねえ？　蹴ります？）

あまりにも無防備なアンリに、ドロテは逆に気後れしてしまう。女性のセシリアよりも、弱そうに見える。

アンリはおもむろに近づくと、不機嫌なドロテの首に優しく触れた。

「よい馬だな。私には、とても乗りこなせんよ」

「あら、アンリ様。ドロテを気に入ってくださるのね。ご成長なされましたわ」

ドロテを撫でているアンリの頭を、セシリアが撫ではじめる。どんな意図があるのか、ドロテにはわからないが、その光景はとても幸せそうだと思った。

「あれから……何ヶ月経ったと思っているのだ」

「三ヶ月ですわ。すごい進歩です。筋金入りの無頓着だったのに」

「もうその話は……」

アンリはむず痒そうにしながら、ドロテの鬣を撫で続けた。

その手つきが心地よくて、ドロテは思わず目を細める。

（だ、だめ！　この方は、わたしの憎きお邪魔虫なのよ。ご主人様とわたしから、セシリア様を奪った人なんですっ！）

ドロテは撫でられて興奮する気持ちを抑えながら、必死で首をふる。

アンリは少し驚くが、「どうどう」と軽く首を叩いた。違う。そうではない。そういう意味で荒ぶっているのではないが、アンリには伝わらなかった。

「陛下、申し訳ありません。すぐに大人しくさせます」

「いや、よい。今度、時間のあるときに乗せてくれないか？　あまり乗馬は得意ではないが」

アンリの申し出にクロードは困った顔をしつつ、小さく、「御意にございます」と俯いた。

「万一、陛下が振り落とされるようなことがあれば、責任を持って処分します」

「いや、そこまでしなくともよい」

主が物騒な方向に会話を進める一方で、ドロテはすっかり興奮しきっていた。

（乗せろですって。陛下が、わたしに乗るですってー!?）

主人以外の人間はセシリアしか乗せたことがない。いわゆる、特等席なのだ。それなのに、乗せてほしいとは。

乗せてほしいとは……乗せてほしい、とは。

（そんなの、セシリア様にしか言われたことがありません！）

腹立たしいはずなのに、とても嬉しい。

褒め言葉に餓えていたドロテは、その甘い言葉にまんまと騙されてしまう。

いや、騙されそうになって、自我を保つ。しかしながら、どうしても怒りで塗りつぶすことができなかった。

（そんな……そんな……！　そんな嬉しい言葉、耐えられなくなるじゃありませんかっ！　いい。いいです。陛下、乗ってください！　むしろ、いますぐ乗って！）

我を忘れて、ドロテはついアンリのブルネットの髪に口を寄せる。

ムシャムシャくらいでは、おさまらない。おさまらない。おさまらない！

「お、おい⁉」

「アンリ様⁉」

クロードとセシリアが同時に声をあげる。

気がついたときには、ドロテは耐えきれず、国王の頭にガブリと噛みついてしまっていた。

もちろん、痛くないように甘噛みだ。

ムシャムシャではおさまらなかった欲求が、一気に満たされていく。

「陛下、大丈夫ですか！」

「ああ、ドロテ。なんてことを！」

ドロテの気分は最高だった。

それに反して、二人は青ざめた顔でアンリに駆け寄っていく。

「さ、さすがに驚いたな！」

噛まれた頭を押さえて、アンリが声をあげている。そこで、ようやく、ドロテは自分がまずい失態をしてしまったと気づく。

（あ……つい、やってしまいました……！　どうしましょう！）

国王陛下の頭を、噛んでしまった。甘噛みのつもりだったが、噛んでしまった！

こんな失態をして、ドロテは処分されてしまうかもしれない。

最悪、飼い主であるクロードにも責任が及ぶ。いや、すでにクロードは殺気を発しており、このまま愛馬の首を献上して場をおさめようとしている。

（うう。だって、だって。いつもご主人様、撫でてくれなくて、鬱憤がたまっていたんですぅ。褒められて、抑えられなかったんですぅ……やだやだ、ご主人様！　それ、『いあい』っていう構えですよね？　剣を抜こうとしてますよね⁉）

言い訳のように、ドロテは「ヒヒィーン」と頭を垂れる。

だが、ドロテを見あげて、アンリは息をつく。

「私は平気だ。大事ない。今朝もらった一発に比べたら、手ぬるいくらいさ」

アンリはセシリアにそう断ると、なんでもない様子で立ちあがってみせた。

クロードも、毒気を抜かれたように殺気をおさめていく。

「オーバン、約束を忘れてくれるなよ」

アンリは軽く告げると、セシリアの手を引いて自分たちの馬車へと戻っていく。

その背を、ドロテは思わず熱っぽい視線で見送った。

（国王陛下……馬目線で見ても、素敵な方！　馬のわたしにも、ご慈悲を！）

だが、次の瞬間には思い出したように首をふった。

（でも、あの人は、わたしのご主人様をいじめるのですっ。セシリア様と仲よくしすぎです。かわいそうです！　それは許せません！　やっぱり、憎いです！　……でもでもっ！　でーもー！）

悶々とした葛藤を抱えて、ドロテは高く前足をあげて嘶くのだった。

「痛ッ。いま、私は殴られるようなことをしたのかっ⁉　ここは労わるべきではないのか⁉」

馬車へ帰るなり、セシリアはアンリの脛に蹴りをお見舞いした。

アンリは驚き、思わず抗議した。

「ええ、まあ。アンリ様が割って入ったせいで、クロードと気まずい空気になりましたわ。しばらく、わたくしとお話ししてくれないかも……」

アンリにはよくわからない話だ。

なにか事情があるなら、教えてほしいものだと感じてしまう。

「せっかく、セシリアが悲しむと思って、あの馬もオーバンも処罰しなかったのに」

「その件については、感謝しております。ありがとうございます、アンリ様」

脇腹に拳がグリグリと押しつけられる。

「ぐ。な、ッ。なぜ！　いま、感謝していたではないか！」

「ドロテを褒めたのは、わたくしへの下心があったのではないかと思いまして。ご機嫌とりですよね？」

「そうだ！　ぐがっ、な、み、鳩尾は……やめッ」

自分の心理を見透かされていた。セシリアは、あの馬をえらく気に入っている様子だったので、興味を持ったのだ。

しかし、いい馬だと思ったのは本当である。ちょっとばかり噛まれてしまったが……いや、そんな本心を見抜かれたから、馬にも噛まれてしまったのかもしれない。

「では、次は頭に」

「噛まれた場所はだめッ……う、ぉっ。はあ、く……！」

先ほど噛まれた箇所に平手の一撃をくらい、アンリは頭を抱えた。

「さすがに痛かったですか？」

「いつも痛いぞ。だ、だが、よい。許す。許すぞ……むしろ、そろそろ、くせになってきた」

「あら。まるで、わたくしがアンリ様を調教しているような言い草ですわね。聞き捨てなりません」

「そうか、これが調教なのか……悪い気はしないな」

不敵な笑みを浮かべるアンリに、セシリアはたいそう残念なものを見る目を向けるのだった。

余話　或る牝馬の純情２

1

ミーディア・アメリア・ド・カスリール侯爵令嬢の前世は——馬であった。

当時の主人は少しも自分をかえりみず、名前すら呼ばれなかった。

そんな前世の自分。可哀想な馬のわたし。

しかし、ミーディアは……前世の自分は、主人が好きだったのだと思う。

その名残か、ミーディアは女だてらに、騎士を目指す兄と共に、鍛錬するのが好きだった。

自分は過去三回、馬としての生を終えている。

なぜ、人間に生まれ変わったのだろう。

神様の悪戯だ。

それでも、ミーディアにとって、前世の記憶は思い出のように心地いい。

幸せではなかったかもしれないけれど、精いっぱいがんばった。

その記憶こそが、今世におけるミーディアを支えている。

ミーディアとシエルが入れ替わっていても、周囲は誰も気がつかなかった。

もともと、非常に顔が似た双子だ。

小さいころから、戯れで服を交換していたが、使用人どころか両親すら気がつかなかった。妙な行動さえしなければ、露見しないだろう。

ささやかな双子の悪戯である。

「シエル、少しつきあえ」

カゾーランが、シエルに変装したミーディアを呼びつける。

筋骨隆々の姿は、当初、誰なのかわからなかった。

前世の記憶があるミーディアは、息子のほうを伯爵だと思い込んで、初対面ではうっかりとミスをしてしまいそうになったものだ。

こんなに立派な筋肉中年に育って。元ご主人様に一度も勝てなかったのが、くやしかったんですね。ふふ、女癖まで矯正されて……さすがは、元ご主人様です。カゾーラン伯爵の調教に成功しましたね！　たぶん、意図していないでしょうけど。

そんなことを考えながら、ミーディアはカゾーランのあとをついて歩いた。

シエルとしての立ち位置は見習い騎士だ。

カゾーランの小姓として同行する仕事が多かった。シエルは家の権力のおかげだと心配していたが、優秀さを認められた証拠であるとミーディアは思っている。

「どうした、シエル。考えごとがあるならば、このカゾーランに相談せよ」

「い、いえ……なんでもありません」

この日は、謁見の護衛だった。

各地の有力貴族が領地経営について、国王に定例報告をするのだ。

威厳を示す目的でカゾーランも同席する。ミーディアも、カゾーランのうしろで待機することになっていた。

「頼んだよ、カゾーラン」

謁見前に現れた国王アンリが、カゾーランに声をかける。

カゾーランは玉座の右側に。侍従長が左側の一歩下がった位置に立つ。

彼らの立ち位置に、ミーディアは唇を噛んだ。

玉座の左側には、本来、【黒竜の剣】が立つ。

つまり、ミーディアの元主人クロード・オーバンの席なのだ。

傷を負って戦場に出られなくなり、そのままクロードとは離ればなれになってしまった前世。元主人の末路を知ったのは、転生したあとだった。

教育係の夫人から、フランセール史を習ったときは本当に驚き、どうしてそうなってしまったのか信じられなかった。おまけに、あんなに優しかったセシリア王妃まで……。

いまも空位になっている玉座の左手を、ミーディアはぼんやりと眺めてしまう。

次いで、玉座に就くアンリを確認した。

あのころと、あまり変わっていない。

落ち着いた雰囲気と威厳があるのは、歳を重ねたためか。多少年齢を感じるものの、未だに青年のような覇気《はき》をまとっていた。

いい意味で変わり果てたカゾーランと並ぶと、対象的だ。

「もう終わりかな？」

謁見が終わると、アンリは疲れた様子で伸びをする。侍従長が「お疲れ様です、陛下」と言っていた。ミーディアも緊張が解《ほぐ》れて肩をおろす。

少しも動かず、じっとしているのは骨が折れる。まだ訓練で動き回るほうが楽だった。

「そういえば、カゾーラン。その子は新しい見習いかな？」

玉座から立ちあがり、アンリはミーディアを視線で示した。

ミーディアは緊張しながら、背筋を伸ばす。

「おっしゃる通り、シエルと申します。カスリール侯爵の長男ですぞ」

「ああ、カスリール候の。なるほど、たしかに両親と似ておるな」

「腕は確か。立派な漢になりましょうぞ」

「はは。それは、頼もしい」

アンリはミーディアの前に立つと、優しげな表情を作った。

前世で会ったときは、もう少しぎこちない笑い方をしていたように思うが、いまはとても自然で表情も豊かだ。

変わっていないと思っていたが……この人も、随分と変わったのだと思い知らされた。

「将来が楽しみだ。フランセールのために、存分に才を発揮しなさい」

そう言うと、アンリはミーディアの頭を軽く撫でた。

見習いとはいえ、もう十五歳だ。立派な大人として扱われはじめる頃合いである。けれども、アンリはミーディアの頭をしっかりと撫で、肩を叩いた。

「は……はいっ！」

ミーディアは一瞬、惚《ほう》けたように放心したが、すぐに姿勢を正す。

掌のあたたかみが頭に残った。

前世で撫でられたときと同じように、嬉しいのだと自覚して、ミーディアは顔が赤くなる。

今世では、たくさんの人に撫でられた。両親からも愛情を注がれている。怪我をして泣く幼いミーディアを、兄のシエルがよく慰めてくれた。

自分はもう、愛情に餓えた軍馬ではない。

それなのに、撫でられるのがこんなにも嬉しいと感じるのは、前世ぶりだろう。

あのときは、興奮して頭に噛みついてしまった。いまも、抑えきれないくらいの感情が胸からわいてくる。

しかし、認めたくない。

この人は、元ご主人様をいじめた相手だ。

主人とセシリアの仲を裂いて、自分の撫で撫でライフを妨害した人物でもある。

ああ、でもでもっ！

ミーディアはよくわからない葛藤に打ちのめされ、身悶えするしかなかった。

2

ミーディアは職務の合間を見つけて、回廊の様子をうかがう。

アンリに撫でられて以来、激しい葛藤を感じている。あの嬉しさがなんなのかわからず、日々悶々としてしまうのだ。

こうして、アンリを遠くから見ることで、自分の気持ちを落ち着けようとしている。

なにか。

そう、このあいまいな気持ちに区切りをつける『なにか』を見つけたい。

たとえば……ひとつでも多く幻滅する部分を見つけるのは、どうだろう。そうすれば、前世からの気持ちも薄れるはずだ。そうだ、その作戦でいこう。

「陛下、陛下！　どこにいらっしゃるのですか！　また抜け出して！」

遠くで、侍従長がアンリを探す声がする。

それを聞きつけ、回廊を歩いていたアンリは彫刻の陰に隠れてしまった。

ミーディアも、つられるように身を隠す。

「ああ、もう。陛下、このようなところにいらっしゃったのですね！　さあ、参りますよ！」

「くッ……爺、よいではないか。少しくらい、私にも暇をくれ。あと、ここから抜けられなくなってしまった。助けてくれないか」

「今日は公務が詰まっておりますゆえ、辛抱なさいませ」

侍従長は彫刻と壁の隙間に挟まったアンリの襟首《えりくび》をつかんで、無理やり引き抜いた。アンリは引きずられるように、自らの執務室へと連れ戻されるのであった。

これは、いままでに見てきた国王としてのアンリからはかけ離れた姿だ。

「なんてことですか。陛下には、逃亡癖があったんですね。これは、ゆゆしき事態です。しかも、隙間に挟まって抜けられないとは……情けない！　幻滅点です！」

ミーディアは嬉々としてメモ帳を開くと、ものすごい勢いで文字を綴った。

こうやって、幻滅点を増やしていけば、いずれは落ち着くだろう。

以後、ミーディアはアンリを観察しては、事細かくメモを記した。

ここまで来ると、もはやただのメモではなく、観察日記である。そこに、ミーディアはできるだけアンリの悪いところを記し続ける日々を過ごした。


別の日。

いつものサボりぐせを発症させたのか、アンリはまたフラフラと王宮内を歩いていた。

この日は、侍従長を上手く撒《ま》いたらしい。彼がいつもどこへ行こうとしているのか気になっていたので、ミーディアもあとを追った。

アンリがまっすぐに向かったのは、王宮の南側の端で、政務にはなんの関係もない区域だった。

おそらく、遊ぶつもりだ。家臣には秘密の遊びがあるのだろう。

「遊び癖のある国王陛下。これは……きっと、幻滅しますね！」

回廊を進んでいくと、立派な樫材の扉が見える。

「あれ？」

記憶が正しければ、そこはアンリの息子——エミール王子の部屋だ。

王子なのに、『引き籠り姫』と呼ばれている。軟弱の極みで、十年以上も部屋から出ないという噂だ。

その王子に会いに来たのか。

ミーディアは物陰から気配を殺して、アンリを観察した。

しかし、アンリは息をつくばかりで、一向に扉を開かない。挙げ句に、なにもせず、部屋をあとにしてしまった。

別の日も、似たような行動が続いた。

多いときは、日に三回は訪れているのに、いずれも息子の部屋の扉を開けなかった。ただ、扉を眺めて帰るだけだ。

だが、新しい教育係が来てからは、少し変化する。

一度は部屋の中を覗いたらしく、気持ち悪いくらい満面の笑みを浮かべていた。

王宮のエントランスまで散歩する王子と教育係を物陰から眺めたり、部屋の中の会話を聞こうと、扉に耳を当てたりしている姿も見られた。

要するに、息子の様子を観察しているのだ。

なんて国王でしょう。

自分の子に声もかけられないなんて。近づきもしないなんて。

臆病で、軟弱で、情けなくて……。

「………いい。なんか、可愛いです」

いい。いいです！　すごく、いいです！

こんな可愛げがあったなんて、知りませんでした。わたしがもっともっと見守って、お守りしないと、心配です！

どういうわけか、ミーディアはそんな思考に至っていた。思えば、元主人のことも、なかなかセシリアに手を出さない不甲斐ない部分を猛烈に応援していた気がする。

こう……母性本能がくすぐられる。馬目線でも。

気がつくと、唇がムニャムニャとなにかを噛むように動く。

前世では、撫でられると相手の髪の毛をムシャムシャするくせがあった。前世の記憶に引きずられるのはよくないのではないかと思いつつも、やめられない。

鼻息も荒くなる。なにか、髪の毛をムシャムシャする以外の対処法はないだろうか。

困ったミーディアは、ソワソワと周囲を見回して歩きまわる。気持ちを落ち着かせなければならない。

歩きまわったすえに目に留まったのは、アンリの執務室であった。

いま、アンリはいつものように、エミール王子の部屋へ向かっている。侍従長も、それを追いかけていった。

ミーディアは唾を呑みこみ、息を潜めた。

周囲には、誰もいない。

忍び足で近づき、サッと扉の内側に身を滑り込ませる。

初めて入る部屋だ。

構造はカゾーランの執務室と、あまり変わらない。部屋の奥に書き物机があり、壁には書架が並んでいる。絵画や調度品は高価なものだが、品があってシンプルだ。

「……はぁぁああ」

ミーディアは部屋の空気を吸って深呼吸した。

口がムニャムニャ動くのは変わらないが、心なしか落ち着く。自然に笑みまでこぼれた。

「ふふ、ふふふ」

歌のように鼻息を鳴らして、ミーディアは書き物机に近づいてみた。

「ハッ……！」

ミーディアは椅子にかけてあった上着を見つけてしまう。

上品な刺繍が施された、深緑の上着が無造作に背もたれから垂れ下がっている。

きっと、アンリが着ていたものだ。

そう思うと、ミーディアは無意識のうちに手を伸ばしていた。

くんくん。

スーッと息を吸い込み、上着の匂いを嗅ぐ。すると、不思議と口のムニャムニャがおさまっていった。

「いい……この、なんとも言えない加齢臭。若造りの容姿に反した意外性があります！」

一頻《ひとしき》り上着の匂いを嗅ぐと、ミーディアは満たされた気分になる。そして、観察日記に匂いについての事細かいメモを記す。

もはや、書かれていることすべては幻滅点ではない気がしてきた。どれを思い出しても愛おしい。

陛下は元ご主人様をいじめた悪者だと思っていましたが、とっても情けなくて憎めない人です。むしろ、元ご主人様のわたしへの不当な扱いに腹が立ってきました！　その点、陛下は撫で撫でしてくださったし、馬目線で見ても、とっても素敵！

そろそろ、誰かに見つかっては困る。

ミーディアは元通りに上着をかけ直し、部屋をあとにした。

「さあ、陛下。早く書類を片づけてください」

捕獲したアンリを執務室に押し込みながら、侍従長がこめかみに血管を浮きあがらせる。

「判を捺すだけなら、爺が代わりにやってくれてもよいではないか。私はエミールが心配でたまらんのだ」

「どうせ、教育係の令嬢がお目当てでしょう」

「それもある！　いや、そっちはついでだ」

「まことにございますか？」

「……エミールが羨ましすぎてつらい……」

「はあ。お若いころは、なにをしても無気力で、どうしようかと思っておりましたが……しかし、いまの陛下はご自分に正直すぎますぞ」

「欲望に忠実だと言ってくれ」

「より悪いです。くれぐれも、余所《よそ》でそのようなこと言ってはなりませぬぞ！」

「わかっているよ。このような口が利けるのも、爺だからだ」

アンリは疲れた息をつきながら、席に着こうとする。

だが、ふと、椅子の上に上着がかけてあるのを見つけてしまった。

深緑の上着をじっと凝視し、アンリは不機嫌に口を曲げる。

「爺、いつも私物を置きっぱなしにするなと言っているだろう。加齢臭が移る」

「ああ、陛下。申し訳ありません。陛下を追いかけると汗をかきますので、そこに脱いで置いていたのですよ」

「気をつけてくれ。私がこんな爺臭い趣味だと思われたら、どうするのだ。国の存亡にかかわるぞ」

「かかわりませぬ。真面目に仕事してください」

本当に、これが二十余年前にフランセールの危機を切り抜けた賢王なのか。

侍従長は頭を悩ませながらも、いざというときは頼りになったから、きっといまも大丈夫。と、思い出にひたることにするのだった。

その4　引き籠り、向きあう！

1

エミールの身体が震えているのは、筋肉痛のせいだけではない。

歯がカチカチと鳴り、額からは珠のような汗が噴き出ている。

「あらあら、エミール様。震えていらっしゃいますわよ。筋肉痛ですか？　プロテインが不足していますか？　豚レバー、食べます？」

「き、筋肉痛じゃないよッ！」

優しそうに聞こえる声色《こわいろ》で、ルイーゼが扇子で煽いで風を送ってくれる。

しかし、エミールは少しも心が休まらなかった。

どうして！　僕が！　こんなこと！

「あら、巻き込まれた、という顔をしていらっしゃいますわね。違いますわよ。これも、エミール様のためなのです」

「う、うそだぁ……僕、絶対巻き込まれたんだよ……ヤダよぉ……部屋で寝てたいっ」

「ソンナコトアリマセンワヨ。ガンバッテクダサイ」

「なんで棒読みなの？」

最近はルイーゼにあまり文句を言わなかったが、このときばかりは不満でいっぱいだった。

――ミーディアとわたくしのために、一肌脱いでくださいませ！

そう言って押しつけられた役回りは、「アンリを呼び出して、適当に雑談でもしながら時間を稼ぐ」というものだった。

ただそれだけだ。

だが、それだけのことが、エミールにとって、どれほど大変なことか！

「む、むりだよ……」

雑談って、なに。ザツダンって、なにを話せばいいの。どうすればいいの。頭の中がグルグル回って気絶しそうだった。

そもそも、エミールが引き籠ってからというもの、父とマトモに口を利いていない。

アンリがエミールに会いに来るなんて、滅多になかった。それなのに、どうやって会話をしろというのだろう。

先日、ルイーゼを連れ出したとき、久々に正面から顔をあわせた。あのときだって、会話らしい会話などできなかった。

「無理でも、やっていただきます。大丈夫ですわ。もう、エミール様の名前でお手紙を出しましたから。そろそろ国王様はノコノコと現れます」

「え、ちょ、う、うそでしょぉ!?」

そんな話、聞いてないよ！　エミールはいよいよ涙を流しながら首を横にふりまくった。

ルイーゼは清々しい笑みで誤魔化すばかりだ。

「む、むり。父上だって、ぼ、僕のことなんて、もう……」

きっと、もうあきらめている。

アンリは何人も教育係は寄越したけれど、直接、会いには来ない。こんな引き籠りのどうしようもない王子などに、構っている暇はないのだ。

「大丈夫ですわ。国王様は、エミール様を嫌ってなどいません。いつも、エミール様を気にかけていますのよ」

「そんなこと……」

俯くエミールの手を、ルイーゼが両手で握りしめた。

「国王様は日に三度、脱走してこの部屋を目指すそうですよ。すぐに連れ戻されるか、辿りついても声をかけられずに帰るようですが」

「え？」

エミールの部屋は王宮の端に位置する。別に毎回通らなくとも、日常生活や政務に支障はないはずだ。

「同じでございます。国王様も、エミール様と同じで大変に臆病の軟弱者なのですわ」

ルイーゼは小さく「まあ、情報源はストーカー馬娘ですけれど」とつけ加える。

父上が、僕を気にかけている？　本当に？

エミールは瞳を大きく瞬かせた。

しかし、疑心暗鬼になるばかりで、不安は解消されない。

シエルが実はミーディアという名の女の子で、アンリに恋をしている。それは、わかる話だ。信じがたいが、それなりに理解はしているつもりだ。

でも、どうしてルイーゼが二人の仲を取り持とうとしているのだろう。そして、なぜ、そのためにエミールが協力しなければならないのだろう。

ルイーゼは「やんごとなき事情ですわ」と言っていたが、どう考えても、ルイーゼが協力する意味がわからない。

怪しい。さすがのエミールでも、これは騙されない。

「殿下」

ルイーゼの執事がキリッとした表情で前に出た。

彼はエミールに短い馬用の鞭を渡す。

「お困りなら、このジャンをお使いください」

「え、え……あ、うん？」

エミールは鞭を受け取るが、イマイチ使い方がわからない。ルイーゼは、これで壁やジャンを殴っているが……同じようにすればいいのかな？　うーん、ルイーゼは楽しそうだけど。

「ちょっと、アンタたち、早く隠れなさい。陛下が来るわよ！」

鞭の使い方を考えている最中で、ユーグが廊下から顔を覗かせた。未だにエミールの部屋の扉は破壊されたまま直っていないので、常に開放状態である。

「わかりました」

ルイーゼとジャンが物陰に移動する。

独りで部屋の真ん中に残され、エミールは震えた。

「エミール……？」

開放状態の扉の向こう側にアンリの姿を見て、エミールは石像のように固まった。震えるどころではない。失神しないのが不思議だ。

こっそりと物陰を見ると、ルイーゼが視線で「行け」と殺気とともに命じていた。

エミールは壊れたゼンマイ人形のようにカクカクとした動きで、右手右足を同時に出した。次いで、左手左足を出して前に進む。

「エ、エミール。どうしたのだ……どこへ行く？」

なにも言わないまま部屋を出ていくエミールを追って、アンリが歩く。

そのうしろには、シエル、ではなく、ミーディアがついてきていた。護衛役だ。

「殿下、雑談してください。怪しまれています」

ミーディアがこっそりと、エミールに伝えてくれる。

でも、なにを話せばいいのか、エミールにはわからなかった。

とりあえず、エミールはぎこちない歩みで進み続ける。一方、アンリは数十秒ごとになにか言いたげに口を開くが、すぐに黙っていた。

「殿下、陛下におたずねしたいことがあるのでは？」

「へ？　え？　え、えー……」

ミーディアが助け舟を出してくれる。

けれども、エミールの頭の中はすでに真っ白だった。なんの言葉も浮かんでこない。すぐに「部屋に帰りたい」と言いたくなるのを我慢するので精いっぱいだった。

でも、でも、なにか言わないと！

なにか、言わないと！　なんでもいいから、聞かないと！

「ち、父上！」

「なんだ？」

「あ、あの……聞きたいことが！」

「言ってみなさい」

「きっこーしばりって、楽しいのですか！」

ルイーゼとジャンがしゃべっていた単語だ。

自分では、知らない言葉だったし、カゾーランに聞いたら気まずそうに無視されてしまった。一度、誰かに聞いてみたかったのだ。

アンリは目を見開き、エミールをまじまじと凝視していた。

僕、なにか間違えちゃったかな？

エミールは滝のような汗が背中を伝うのを感じた。

「……ふむ、よいではないか。それはとても楽しいぞ」

「そ、そうなの？　父上は、きっこーしばり、しないんですか！」

「しない！　むしろ、されたい！　羨ましい話だっ！」

そうか。ジャンも喜んでいたし、きっと、楽しいのだろう。

　エミールは、ひとつ賢くなった。

「じゃ、じゃあ、こ、ここ今度、教えてください。僕、がんばる！」

「よいぞ！　存分に縛ってくれ！」

　これで、また少しルイーゼに近づけた気がする。

　一歩一歩が大切なのだと、カゾーランも言っていた。

「この親子、いい……ふふ……うふふ……」

　アンリには聞こえないほど小さな声で、ミーディアが呪文のようにつぶやきながら笑っていた。手にはメモを持ち、恐ろしい速度で文字を書き込んでいる。

　初めてアンリと会話らしい会話ができて、エミールは自信がついてきた。ようやく、右手と左足が交互に前へ出る。

　やがて、ルイーゼに指定された場所に辿りついた。

　以前にお茶会をした芝桜の庭だ。二度目の場所のほうが、エミールも安心するだろうという選択だった。

　ここで、もう少し時間を稼ぐ必要があるらしい。

　なにをするつもりなのか、エミールは知らされていないが、とにかく、がんばらなくてはいけない。

「ここは……」

「ま、前に、ルイーゼと、お茶会、したの、です」

　エミールはぎこちなくしゃべりながら、庭のほうへ歩く。

夜風に乗って、甘く芳しい香りが漂う。

ルイーゼが教えてくれた花言葉が蘇る。確か、――。

「懐かしい。芝桜の花言葉は、『臆病な心』、『一途《いちず》』、そして、『忍耐』らしいな」

エミールが思い出すよりも前に、アンリが口を開く。彼はエミールの隣に並び立ち、笑みをたたえる。

その表情がとても優しくて、目を逸らせなくなってしまう。

「この庭は、セシリアが私のために造ったのだ」

「……母上が？」

意外だった。

エミールにとって、父は立派でまぶしくて、手が届かない存在だ。臆病や忍耐などではなく、もっと似合う花がほかにありそうなのに。

「最初から立派な人間などいない。お前ほどではないが、私にも軟弱者の愚王と罵られる時期があったのだよ」

「そ、そうなの……ですか？」

「ああ。セシリアが生きていれば、いまでも罵られて殴られているはずだろうさ」

アンリはそう言いながら、膝を折って芝桜に触れた。

小さな花ひとつひとつは地味で弱々しい。だが、敷き詰められた花が月明かりに照らされる様は幻想的で、間違いなく、きれいだった。

「僕も……僕も、強くなれる、かなぁ」

膝を抱えるように身体を丸め、エミールは拳で袖口を握り込んだ。いまにも涙が出そうだし、すぐにでも走って逃げだしたい。

でも、こうして父の隣に座っていたいとも、思った。

初めて、マトモな会話をする。

外が怖くて引き籠っていた時間の分だけ、自分と父の接点は少ないと思う。

しかし、いまはその時間を取り戻したいと強くねがった。

「さあな。私の子だから、ずっと軟弱かもしれない。だが、セシリアの子でもある」

「僕にとったら……父上は、とってもすごいです」

エミールの知る世界は狭い。

自分の部屋と、その周辺が少しわかるだけだ。

「い、いつか……父上のように、なれる、かな？」

引き籠っている自分が、いつかは広いフランセールを治めなければいけない。いまのエミールでは、押し潰されて息もできなくなるほど重苦しい責任だ。

また泣きそうになってしまう。

そんなエミールの髪を撫でるように、アンリが手を伸ばした。

カゾーランやユーグに比べると細い、けれども、エミールよりもずっとたくましい手が頭を撫でる。そして、しっかりと抱きとめるように肩が引き寄せられた。

「では、強くなれ。お前には、その義務があるのだから」

ずっと、勘違いしていた。

父はエミールのことなど、あきらめている。疎んでいると思っていた。

でも、そうではないと、必死で伝えてくれている気がした。


「ちょっと……アレじゃ出ていけないじゃないの。さすがに、私、この空気は壊せないわよ？」

「どうすればよろしゅうございますか？　暇つぶしに、ジャンへお仕置きしますか？」

「う、うるさくてよ。少し待ちましょう」

気まずそうなユーグとジャンに、ルイーゼは小声で叱咤《しった》する。

物陰からエミールとアンリの様子をうかがいながら、三人はひそひそと声を潜めた。それぞれに黒い装束をまとっており、どう見ても不審者である。ルイーゼとしては、このニンジャスタイルを少しばかり気に入っていたが。

ルイーゼの考えたシナリオは、こうだった。

エミールにアンリを連れ出させ、ミーディアに護衛をさせる。そこへ、侵入者に扮したルイーゼたちが颯爽《さっそう》と登場。悪漢の振りをして二人を襲い、それをミーディアに撃退させるのだ。

当然のように、アンリはミーディアに褒美を出す。そうすれば、ミーディアが『妹』——つまり自身を国王づきの女官にしてほしいと要求すればいい。

現状、ミーディアがアンリのそばにいるためには、シエルとして男装し続けるしかなかった。それは長続きする方法ではない。なんとか、女の姿でそばに置いてもらう方法を講じなければならな

かった。

少々無理やりだが、仕方がない。

カスリール家ほどの名門なら、このような手段を使わなくとも、正式な方法で国王へ口添えもできると思う。けれども、ミーディアいわく、双子の入れ替わりはカスリール侯爵の知るところではない。親を頼るのは好ましくないようだ。

「はあ……」

ルイーゼは、さりげなく溜め息とともにジャンの鳩尾を殴りつけた。鞭では、音が鳴って気づかれてしまう。

「よろしゅ……が、ッ」

いつものように「よろしゅうございます！」と叫ぶ前に、アッパーもお見舞いする。

いきなり、前世の愛馬に押しつけられた面倒な役回り。これも身から出た錆だと言えば、仕方がないが、相手が馬だけに納得がいかない。

しかしながら、親子仲が「イイカンジ」に見えなくもないので、このまま放置して帰ってもいいと思えてきた。

あまり期待していなかったが、エミールがアンリと打ち解ければ、ルイーゼとの結婚を考え直すのではないかという打算もあったのだ。

この状況では、出ていくに出ていけない。

そうやって、ルイーゼが撤退を思案していると、

「ちょっと、アレ、まずいんじゃないの⁉」

庭を見張っていたユーグが声をあげる。

こんなの聞いてないよっ！

エミールは目の前の事態にガタガタと震えた。

突然、二人の前に現れたのは、黒い装束をまとった男たちだ。以前に襲われたときと似ている。

違うのは、その数が七人もいるということくらいだ。

「え？　え？」

ルイーゼが、「まあ、少々手荒な真似になってしまいますが、エミール様はご安心ください」と言っていたのを、いまさら思い出した。

ルイーゼは大事なことを告げずに、エミールを騙したのだ。

ルイーゼのバカ！　悪魔！　人でなし！

エミールは叫びたいのを我慢して、立ちあがろうとするが、尻餅をついた。ルイーゼの仕業だとわかっていても、足がすくんで動けないのだ。

男の一人が、アンリに向けて剣をふりかざしている。

月夜に銀の輝きが妖しく浮きあがった。

その段になって、エミールはこれがルイーゼの計画なのか不安になってくる。

「陛下、殿下、お下がりください！」

ミーディアが前に躍り出て、その一閃を受ける。

実は女の子だと聞いていたが、彼女も強いようだ。社交界では、みんな身体を鍛えているというルイーゼの話は本当らしい。やっぱり、外怖い。

「立て、エミール」

「え、えっ」

アンリが腰からスラリと剣を抜き、そのままエミールを引きずるように襟首をつかんだ。

エミールはバランスを崩しながらも、必死で立ちあがろうとした。だが、足がもつれてしまう。

「エミール！」

短剣を剣で受けとめて、アンリが叫んだ。けれども、すぐに力負けし、跳ね飛ばされるように地面に倒れてしまう。

アンリが持っていた剣が折れて、庭に放り出される。

剣とはいえ、ここは王宮だ。装飾目的で宝剣の類を、慣例で帯剣しているだけに過ぎない。実戦には不向きだった。

そして、どうやら、父が自身を軟弱者だと言っていたのは、本当のようだ。やっぱり、外怖い。

ルイーゼの計画だと思ったが、これは違うと感じた。

ルイーゼは隠れ野心家で、ときどき邪悪な悪魔のような目をする。でも、こんな危険な計画を本気でするような人間ではない。

「早く、逃げろ。エミール！」

手を伸ばして叫ぶ父の姿を、エミールはただ見ていた。

あのときと、同じ。

ルイーゼがエミールを守ってくれたときも、同じだった。なにもできないまま座り込んで、震えているだけだ。

どうして、アンリはエミールを守ってくれるのだろう。転んだエミールを置いて先に走れば、アンリは逃げられるかもしれない。

引き籠りのエミールなどより、ずっと守られるべき立場の人間だ。なにもできないエミールよりも、ずっとずっと価値がある。

みんなエミールを守ってくれる。

ルイーゼも、カゾーランも、ミーディアも、アンリも……みんな、こんなエミールを守ってくれる。

王子だから？

なにもできないのに？

――では、強くなれ。お前には、その義務があるのだから。

エミールは、なんの義務も果たしていない。それなのに、いろいろな人に守られて、ただ震えているだけである。

このままじゃ、ダメだ。

ダメだ。怖がっていたら、ダメだ。

「父上……」

アンリが辛うじて、敵の攻撃を避けている。だが、地を這うように体勢を崩した状態では、満足に動けない。このままでは、すぐにやられてしまう。

気がついたときには、身体が軽くなっていた。

枷が外れたように震えが消え、エミールは知らず知らずのうちに地面を蹴って走っている。

怖い。でも、逃げたくない。

怖い怖い怖い怖い！

でも、でも……！

「父上をいじめるなぁぁぁぁあああッ！」

立ちあがるときに手にした石をふり回す。人の頭ほどの石を両手で叩きこむように、敵の脇腹に投げつけた。アンリに気をとられていた敵は虚を突かれ、呆気なく倒れる。

以前のエミールだったら、こんな石なんて持ちあげられなかった。鍛錬の成果を実感して、嬉しくなる。

だから、勇気が出た。

「エミール……」

「父上は軟弱者なんだー！　きっこーしばり、一緒にするんだー！」

こんなに大声を出した経験など、ないと思う。

「避けろ！」

満身創痍で立つエミールの頭を横から殴打する者。

「きゃあっ！」

アンリの声に反応した時点で、エミールはすでに頭部に衝撃を受け、吹っ飛ばされているところだった。

エミールは芝桜の敷かれた地面に身を投げ出す。

「エミール！」

意識が朦朧《もうろう》とする。失神する直前と似たような感覚だ。

額から流れるのは、血なのかな？　頭から血を流すなんて、僕は死ぬのかな？　不思議と、そんなことを考える余裕があった。

身体が抱きあげられる。ぎゅうぎゅう締めつけられて、少し痛い。

耳元で何度も名前を呼ばれるけれど、意識を保っていられそうになかった。

でも、あったかいなぁ。独りで部屋に籠っているよりも、ずっとあったかい。涙が出るほど、あったかい。

「お待たせしましたわ、エミール様」

木の棒をブンブンふる音が聞こえたあと、霞みゆく視界に誰かが舞い降りた。

ふり返った蒼い瞳は、したたかに、そして優しく笑っていた。

2

想定外だった。

まさか、不審者のふりをして襲撃しようとしたら、本物の襲撃者が現れるなんて！

「状況が変わりましたわ。ジャン、念のためにカゾーラン伯爵を呼んできなさい」

今回、カゾーランが出てきてはミーディアが目立たないので、離れていてくれと頼んでいたのだ。

それが仇になった。

ジャンに指示を出すなり、ルイーゼはすぐに物陰から飛び出した。

怪しいニンジャスタイルのままだったが、動きやすいのでいいだろう。ユーグはさすがに本職の近衛騎士なので、ニンジャスタイルの上から真紅の制服を羽織った。

ニンジャ風に背負っていた木刀を抜いて跳躍する。襲撃者の一人を背後から襲った。

首に横薙ぎの一閃を受けて、男は呆気なく倒れる。感覚的に、頸椎が折れたとわかるが、本物の不審者なので構うものか。

なんとなく、前世からの本能が騒いで、好戦的になっている。

でも、いまは顔を隠しているから、大丈夫ですわよね！　健全ですね！

「お待たせしましたわ、エミール様」

ルイーゼは笑い、エミールとアンリの前に立つ。

エミールは虚ろな視線でルイーゼを確認したあとに、糸が切れた人形のように意識を失ってしまった。

「そ、そなたは……」

アンリがエミールを抱いたまま、ルイーゼに警戒を向けてきた。顔が見えないので、正体などわからないだろう。

「ドーモ。コクオウヘーカ＝サマ。正義のニンジャです」

ルイーゼは誤魔化しながら木刀を構える。いちおう、口調も某ニンジャ殺しっぽくしてみたので、問題ない。

そんなやりとりをしている間に、エミールが殴り飛ばした刺客が起きあがる。脇腹に石をくらった程度では、ノックアウトされなかったらしい。

「ヤァァァアアッ！」

ルイーゼは気合いを入れながら、間合いを詰める。

正眼の構えからの小手が決まり、男が短剣を落とす。

続けて、ルイーゼは敵の肩から脇にかけて、袈裟の一撃をくり出した。鎖骨くらいは折っただろう。

「私の殿下が……可愛い殿下が怪我を……」

ユーグが呪いのようなつぶやきとともに、細身のレイピアを放り投げ、赤毛を掻き分けた。

彼はそのまま、敵を一撃で殴り飛ばしてしまう。

「オルァッ！　私の殿下に怪我させやがって、タダで帰してやると思ってんのか！　かかってこいやぁぁぁあああクソ野郎どもッ！」

怒鳴り散らす姿は、もはや、貴族でもオネェでもない。いや、訂正。これがオネェの本質か。憤怒したユーグは鬼神のごとき雄々しい形相で襲撃者を素手で殴り飛ばしていく。

もしかして、この騎士。剣術より、殴りあいのほうが得意ですか？

「ちょっと、こっちも目立たせてくださいよ！」

勝手に襲撃者をタコ殴りにしはじめるユーグに苦言を呈して、ミーディアが剣をふるう。

一人目を倒し、彼女は続けて逃げようとする男の背を斬りつけた。

ルイーゼと同い年の少女だが、騎士の中にまぎれていただけのことはある。発展途上だが、筋のいい使い手だと思った。

残るは、あと一人。

そろそろルイーゼは退散してもいいだろう。おそらく、この二人なら問題なく対処する。ニンジャスタイルのままここに居座るのは、少々不都合だった。

「ぬぉぉおおお、陛下、殿下。ご無事ですかなぁぁあ！」

ジャンが間にあったようだ。

叫び声をあげながら、カゾーランが走ってきた。

重戦車のような地鳴りまで聞こえてくる。敵も一人では、この三人を相手にできない。ルイーゼは安心して、その場を離れる準備をした。

「この逆賊めがぁあッ！」

が、刹那。

嫌な予感がして、ルイーゼは本能的に身を翻した。

風を斬る音が耳に響く。ルイーゼが避けた身体のスレスレを、長槍がかすめる。

「ひっ……⁉」

長槍の突きは、そのまま横薙ぎの攻撃へと転じていた。勢いを殺さず、流れるような動作だ。並みの筋力では不可能であった。

危険を察知したルイーゼは、ほぼ条件反射で身を屈めて避ける。

「ちょ、伯爵！　違います、わたくしです！」

「侵入者の言葉に耳を貸すほど、このカゾーラン、甘くはないわッ！」

「聞いて！　やめてくださいっ！　今度こそ、死んでしまいます。刺されて死ぬのは、ごめんですッ！」

「ぬぁんのことだぁぁぁ！」

「いやぁ！　話を聞いてくださいませ⁉」

槍が地を穿《うが》つ。

マトモにくらっていれば、串刺しどころか木端微塵《こっぱみじん》だ。

前世で何度も手あわせしてカゾーランのくせを記憶しているルイーゼでなければ、避けることなど無理だった。

「やるな、貴様！」

カゾーランが好戦的な笑みを浮かべて、さらに槍の突きを放つ。

ルイーゼは避けるので精いっぱいだった。

この身体と木刀では反撃したところで、あの筋肉装甲にはかなわない。おまけに、そろそろ体力の限界がきていた。ルイーゼの筋肉は未熟だ。まったく仕上がっていない。

筋トレをして多少は戦闘できるようになったが、せいぜい三分間が限界だ。三分だけ本気を出せる某巨大ヒーローのような燃費であった。

だいたい、初見でルイーゼの動きを前世と似ていると見破ったくせに、どうして、いまはわからないのだろう。

昔からそうだ。カゾーランは感情に流されやすい。前世でも、すぐに喧嘩を仕かけてきたり、泣きだしたり、感激したり、とにかく忙しい男だった。

「逃がすか！」

後退するルイーゼをカゾーランが追う。

ルイーゼは息を切らせながら走る。

「よろしゅうございます、お嬢さま。ジャンにおまかせを！」

いつの間にか、駆けつけたジャンが、カゾーランとルイーゼの間に割って入った。

「ジャン、なにを！」

ジャンは懐から出した小瓶を、カゾーランの足元に向けて投げつけた。地面に叩きつけられた小瓶はパリンッと音を立て、中に満たされていた液体が飛び散る。

「ぬぉっ⁉」

地に踏み込んだカゾーランが間抜けな声をあげ、身体を傾かせる。ヌメヌメとした液体に足をとられて転倒してしまったのだ。

その隙に、ルイーゼはジャンと一緒に全力で逃げた。

「ジャン、あれはなにをしたのかしら？」

逃げた先で、ルイーゼは問う。

ジャンはシャキーンと爽やかな表情で、予備の小瓶を取り出した。

「ジャンのお手製潤滑油《ローション》にございます、お嬢さま。使い道がなくて、持て余しておりました」

「は、はあ……」

はい。聞かなかったことにいたしましょう。

ルイーゼはご褒美を欲しがっているジャンから目を逸らしつつ、息をついた。

まあ、想定外だったが、おおむね計画通りだ。

あとは、ミーディアが上手くやるだろう。

明日から、確実に筋肉痛ですわね……ルイーゼは物陰で頭を抱えた。

こんなはずではなかった！

フランクは頭皮の汗を拭いながら、先を急いだ。

カゾーランの奴が罠を張っていた。

こちらが動くのを待って、着実に追い込む用意をしていたのだ。屋敷はすぐさま包囲されてしまった。

ここは一度、国外へ逃亡して立て直すべきだ。

不本意だが、奴――突如現れて、フランクに王位簒奪を囁いた、あの男を頼るしかない。

「おい、おらぬのか！　姿を見せよ！」

フランクは闇に向けて叫ぶ。

闇は冷たい水底のように静寂を守るだけで、なんの反応もない。

生ける者がいる気配すらなかった。

「うるさい、喚くな」

どこからか、抑揚に乏しい、しかし、確実に不機嫌だとわかる声が響いた。地獄の底で歌う悪鬼のような声だ。聞くたびにゾッとして、背筋が凍る。

「カゾーランの奴に一杯食わされた。ひとまず、国外へ逃亡したい」

用件を告げると、闇の中からフッと鼻で笑う気配がした。

なにがおかしい。

そう思った瞬間に、首筋に冷たい感覚が落ちる。

背後から首をつかまれているのだと気づいたときには、遅い。フランクの身体は人形のように、軽々と宙に持ちあげられていた。

「機を見誤るなと、忠告したはずだが？　だから、貴様は王の器じゃないんだよ。身の丈にあわない幻想に取り憑かれた雑魚が。王位に就けば少しはマシな色にもなると思ったが、俺の目が節穴だったか……それにすら至れないとはな」

首が締めつけられる。

血が巡らず、頭が破裂しそうな息苦しさを感じた。

骨が軋む音が、身体の内側から響く。

「がっ……あ、くッ」

フランクは背後の人物を見ようと試みた。

漆黒の外套から長い髪が落ちるが、闇のせいで色はわからない。代わりに、蒼い輝きが目についた。

見開かれた男の左眼が波打つような蒼の光をたたえている。

瞳が蒼い焔のように光を放ち、波打って見えるのだ。

まるで、光を受ける海面のそれ。

その海に似た蒼には、見覚えがあった。

これは――。

ボキリッ。

だが、フランクが蒼の正体を思い出す前に、不吉な音が響く。


事切れた玩具を投げ捨てて、男は自らの左眼に触れた。

「……質が悪いな。数ヶ月程度、と言ったところか」

輝く左眼の蒼に力が宿っていく。

満足いくものではない。粗悪品では、このようなものである。

「仮にも王族。もう少し、マシなものだと思っていたのだがなぁ――まあ、いい。アレが順調に育っているなら……もう、十五年前と同じ轍《てつ》は踏まない」

男は妖艶な笑みを唇にたたえ、闇の中へと戻っていく。

3

賊は再起不能の者も含めて、全員確保された。

事前にカゾーランから報《しら》されていたように、刺客を放ったのは王弟フランクだった。

手筈通り、アンリはフランクを拘束するよう、兵に命じた。しかし、フランクはすでに屋敷にはおらず、翌朝、セーナ河に殺害された状態で浮かんでいたという。

王族の不始末。しかも、実弟である。

アンリはしばらく面倒な雑務に追われることとなった。

「そなたは、どう考える」

報告書の束を無造作に投げ出し、アンリは息をついた。

ここ数年、平和な生活を満喫していたせいか、久方ぶりの物騒な案件でもあった。

「アルヴィオス王国が絡んでいるのではないかと」

口を開いたカゾーランからは、予測していた答えが返ってきた。

「やはり、そう考えるのが自然かな。面倒だぞ、これは」

海を渡った隣国——アルヴィオス王国。

もともとはフランセール人の海賊が渡り、築いた島国だ。

そのため、別名は『海賊王国』と呼ばれている。近隣諸国では最大規模の艦隊を持ち、海上戦では負けを知らぬ無敵国家だ。

「このタイミングで、使者を変更すると言っている。妙ではないか」

事件は内々に揉み消している。偶然かもしれないが、時期が重なっているのが気になった。

こちらの内情を漏らす者がいたのだ。それがフランクであった可能性はある。

「フランクを始末したのはアルヴィオス人か」

「まだ早計かと。しかし、フランク殿下の後ろ盾だった可能性は否《いな》めませぬ」

これまで、目立たない日陰者だった王弟が突然の謀叛を企てた。

頭が痛い。

「どうしましたかな、陛下？」

自分では気がつかなかったが、アンリは思いのほか、悩ましい溜め息をついていたようだ。心配そうな顔をするカゾーランを前に、アンリは頭を抱えて項垂れた。

「くれぐれも内密にしてくれよ、カゾーラン。実は、その変更されたアルヴィオスの使者だが、まずい要求を――」

アンリが言いかけたとき、扉をノックする音。

誰にでも聞かせる話ではない。

アンリは仕方なく中断して、「入りたまえ」とうながした。

「お茶の用意ができました、アンリ様」

アンリ様。

十五年も前に亡くなった王妃と同じ呼び方でアンリを呼んだのは、黒髪の少女だった。

ミーディア・アメリア・ド・カスリール。

カスリール侯爵の令嬢で、近衛騎士に双子の兄がいる。兄シエルと似た青空色の瞳に、ミーディアは上品な笑みを浮かべた。

アンリは、とっさにミーディアから顔を逸らし、「そこへ」と書き物机の端を指差す。カゾーランが意味深な顔でアンリとミーディアを交互に見ているが、素知らぬふりをした。

先日の件で、シエルは目覚ましい働きを見せた。

見習い騎士の身でありながら、アンリとエミールを襲撃者から守り抜いたのだ。あとからカゾーラン親子が駆けつけたとはいえ、アンリは彼に褒美を出すことにした。

シエルを見習いから、正式に近衛騎士に任命したのだ。

そして、シエルは私的に、もうひとつ報償を要求した。

自分の妹であるミーディアをアンリの側仕えにすることだ。

そのこと自体は造作もない。王族がそばに置く従者は、ほとんどが貴族だ。カスリール家ほどの名門の娘なら、問題はない。

だが――。

「では、カゾーランは失礼いたしましょう」

なんの空気を読んだのか知らないが、カゾーランが退室してしまう。

アンリは思わず「ま、待て！」と声をかけるが、なぜだか聞こえないふりをされてしまった。

「アンリ様、いかがしましたか？」

甘い香りの紅茶を注ぎながら、ミーディアが声をかける。不意に目があってしまい、アンリはブルネットの髪をグシャリとつかんで俯いた。

――実は、僕の妹は前世の記憶があると言っているのですよ。

彼女の兄シエルは、妹を側仕えにしてほしい理由を、こう語っていた。

――僕も信じられません。でも、ミーディアは頻《しき》りに、陛下の夢を見ると言うのです。そして、自分は亡き王妃様の生まれ変わりかもしれないと言って、夜な夜な泣いています。信じられない話でしょうが、僕は妹の心を少しでも救ってあげたいのです。


そのような話を聞かされて、平常心でいられるわけがなかろう！

直感的に、アンリはシャリエ公爵の令嬢をセシリアの生まれ変わりだと信じた。別に確証があったわけではない。しかし、自らセシリアの生まれ変わりであると名乗る少女が、目の前に現れた。

完全に信じているわけではないが、落ち着けと言うのが無理な話だ。

「アンリ様、お加減が悪いのですか？　顔が赤いです」

「あ、そ、そうなのか？　今日は暑いからな！」

「わたしには、少し肌寒いくらいです」

雨がしとしと降る窓の外を見つめ、ミーディアは自分の腕をさすって温める動作をした。

アンリはぎこちなく紅茶のカップを手に、「ああ、そうだな。今日は寒いな」と言い直す。

こんな少女を直視できないなど、恥ずかしい話だ。

シャリエ公爵令嬢のほうが仕草や雰囲気は、似ている。

だが、ミーディアの言動の端々にも、セシリアの面影を感じるのだ。

「もう、アンリ様ったら。こっちを見てください」

不意に、ミーディアが視線を逸らし続けるアンリの肩を叩いた。少し遠慮がちだが、たしかに、この少女はアンリを叩いた。

セシリアも、きっとこのタイミングで殴っただろうか。と、思ってしまった。

アンリがセシリアの気分を害する行為をすれば、すぐに殴ってもいい。そんな約束を交わした過去を思い出しながら、アンリはミーディアを見あげた。

「これからも――」

「なんですか?」

首を傾げるミーディアから視線を逸らしながら、アンリは小さくつぶやいた。

「遠慮なく、殴ってくれても……構わないぞ」

ミーディアはしばらく目を見開いていたが、やがて、優しく笑う。

「はい、アンリ様」

やはり、この少女はセシリアの生まれ変わりなのだろうか。そんな淡い幻想を抱きながら、アンリは紅茶を啜った。

――考えることを放棄していては、いつか身を滅ぼしますわよ。

ふと、シャリエの令嬢の言葉を思い起こす。

ほとんど同じ言葉を、アンリはセシリアから言われたことがある。

あれは偶然か、それとも、ミーディアから伝え聞いていたのだろうか。

少しばかり、引っかかる気がした。

「ん？　なにをしておる？」

アンリはミーディアがうしろを向き、なにかを必死にメモしている姿に気づく。

ミーディアは慌ててメモ帳を隠し、誤魔化すように笑った。

「いえ、少々観察日記……ではなく、アンリ様にお仕えする心構えを記していたのです」

「そうか。別に気にせずともよいぞ」

勉強熱心な少女だ。そのようなところが健気に思えて、アンリには微笑ましかった。

まあ、些事《さじ》を考えるのはやめるとしよう。

問題は山積みなのだから。しばらくの間は、いらぬことにうつつを抜かしている暇はない。

机の隅に追いやられた書簡。

アルヴィオス王国からの親書には、こう書かれていた。

――是非、我が国のギルバート王子と、貴国のエミール王子の親睦を深めんことを、切に希望したく存じます。

「いッ……う、ぅ……不甲斐ないですわ」

ロボットみたいにぎこちない動作で歩きながら、ルイーゼはようやくエミールのかたわらに腰をおろした。

筋肉痛だ。情けない。

カゾーランに追いかけ回されたせいで、余計な体力と筋肉を使ってしまった。あとで平謝りされたが、物足りない。鞭でシバきたかったが、その余裕すらなかった。

「ねえ、ルイーゼ」

身体の痛みにヒィヒィ呻くルイーゼの隣で、エミールがつぶやく。

ルイーゼはカクカクした動きで首を回した。前のように欠勤するという選択肢もあったが、それはプライドが許さない。

「シエル……ううん、ミーディアは、本当にあれでよかったのかなぁ？」

巻き込んでしまったので、エミールには、いちおうの概要を伝えてある。

もちろん、ルイーゼが転生者であることや、ミーディアの前世が本当は馬である事実は、面倒なので伏せていた。

ルイーゼにしたのと同じように、ミーディアがアンリに対してセシリアの生まれ変わりであると騙ったのは予想外だ。

だが、それが一番効果的だとも思う。

アンリがルイーゼとの結婚をやめると言ったので、こちらにも得はあった。

「なにか気になりますか？」

「なんだか……生まれ変わりとか、嘘なんてついても、よかったのかなぁって」

「よろしいのではありませんか？　わたくしも、陛下と結婚せずに済みそうですし」

「で、でも、嘘なんでしょ？　嘘はダメって、ルイーゼも言ってたよね？」

そうだ。ミーディアは嘘をついている。

その嘘に加担して、ルイーゼもセシリアの仕草や言葉遣いを教えた。カゾーランも一枚噛んでいる。

「結局のところ、これからを育むのは、あの方たちですもの」

ルイーゼに、恋愛のよさはわからない。

非合理で余計な感情だ。

けれども、他人の恋路を邪魔するほど嫌悪しているわけでもなかった。

ルイーゼは過去を引きずるアンリを見て怒りを覚えた。しかし、ミーディアは逆にそれでいいと思っているのだ。好きにさせればいい。

「そういうもの？」

「そういうものでも、いいのです。物事すべてに正解が用意されているわけではございません」

エミールはまだ少し納得いっていないようだったが、「ルイーゼが父上と結婚して死んじゃうより、マシ……かな？」と謎の納得をしていた。

誤解を解くのも面倒だった。

「あ、あのさ、ルイーゼ……僕のこと、た、助けてくれて、ありがと」

エミールはキラキラとした表情で、ルイーゼに羨望のまなざしを向けている。

「かっこよかったよ」

「それは、どうもです」

まるで、ヒーローアニメを見る幼稚園児のようだ。

「もし、僕が生まれ変わったら、ルイーゼみたいに、な、なりたいな！」

そう言われて、ルイーゼは困ってしまう。

エミールはルイーゼが七回も刺されて死んだとは思っていない。しかも、直近の前世は彼のトラウマを産み出した張本人、首狩り騎士である。

このことを知ったら、エミールの表情はどう変わるだろう。

蔑《さげす》む？　怯える？　嫌うだろうか？

気にするのも馬鹿馬鹿しい。

けれども、知られたときを思うと、一抹の不安を覚えてしまう。

「生まれ変わる前に、しっかり立派な王子様になってくださいませ」

「う、うん……わかってるよ」

エミールはコクコク小刻みにうなずいた。

どうにかしようという気は、あるらしい。それだけでも、進歩というところか。

「それに、生まれ変わらずとも、今世をハッピーエンドで終えられれば、それでいいのですわ」

おそらく、ルイーゼのように何度も転生する者は稀《まれ》だろう。それならば、一度の人生を無駄なく幸せに過ごす生き方をすべきだ。

ルイーゼだって、次も転生するとは限らない。突然、この人生で終わりを迎えるかもしれない。

なにひとつ、確証はない。

「ルイーゼは、いま、幸せなの？」

エミールが問う。

ルイーゼは少し口を尖らせ、数秒考え込んだ。

「……まだ十五ですもの。よくわかりませんわ」

とりあえず、刺されて死ななければいいのだ。

まだ十五の人生では、こう答えるしかなかった。

特別企画
キャラクターデザイン公開！

「前世悪役だった令嬢が、
引き籠りの調教を任されました」の
キャラクターデザインを一挙公開いたします！

キャラクターデザイン　時瀬こん

「多少手荒な真似をしても、
お許しくださいね。
見放してあげたりなどしませんので、
ご覚悟を」

シャリエ公爵家の令嬢。15歳。
はちみつ色の髪、蒼い海の色の瞳を持つ。
七つの前世の記憶を持つが、そのすべてがバッドエンド。
ハッピーエンドのためならなんでもやる覚悟。

ルイーゼ・ジャンヌ・ド・シャリエ

フランセール王国の王子。19歳。最弱。
ブルネットの髪、サファイア色の瞳を持つ。
極度の人見知りと外界恐怖症のせいで、
王子ながら「引き籠り姫」と呼ばれている。

「ルイーゼ、
おねがいだから
手を離さないでくれる？」

エミール・アルフォンス・ド・フランセール

「羨ましいではないか、
今度は私を打つがよい！」

フランセール王国の国王。
政治面では優秀だが、時に変態。

アンリ三世（アンリ・シャルル・ド・フランセール）

「な、なんですとっ!?
このカゾーランの磨き抜かれた
筋肉に不満がおありか!?」
王族の守護騎士【天馬の剣】。41歳の伯爵。
壁に見える立派な筋肉、赤毛を持つ。
エリック・ド・カゾーラン

「品のない雌豚ちゃんは男に生まれ変わってから、出直していらっしゃい！」

エリック・ド・カゾーランの息子。近衛騎士。20歳。
正統派のイケメンで中身は女嫌いのオネェ。

ユーグ・ド・カゾーラン

見習い近衛騎士。15歳。
艶のある黒髪、青空色の瞳を持つ。
双子の妹がいる。

「麗しいご令嬢と、
一曲ご一緒ねがいたく
参上したのです」

シエル・クレマン・ド・カスリール

「お嬢さま！
よろしゅうございます！
よろしゅうございますよ！」
ジャン・アルベルト
ルイーゼの執事。
眼鏡以外に特徴はない。ただし、ドM？

「俺は首狩り騎士ですよ。
王妃様が触れる価値などない、
穢れた人殺しの手だ」

クロード・オーバン

王族の守護騎士【黒竜の剣】だった男。
「首狩り騎士」と呼ばれ恐れられていた。
愛馬はドロテ。

あとがき

はじめまして。人生で初めて、書籍の「あとがき」というものを書きます。田井ノエルと申します。略してタイノエ。タイノエを知らない人は、検索してみてください。可愛い画像が見られます。

※グロ注意です。自己責任でおねがいします※

本作、「前世悪役だった令嬢が、引き籠りの調教を任されました」は、小説家になろうに連載し、二〇一六年七月に完結しています。趣味で書いていた作品なので、大変思い入れがあります。本作の書籍化にあたって、お世話になった新紀元社のみなさま、ありがとうございます。

担当編集様。毎回、メールはアホ丸出しだし、原稿にはラクガキするし、小学生みたいな作者で申し訳ありません。褒め上手って、こういう人のことを言うんでしょうね。まんまと乗せられて、やる気出ました。

イラストを担当してくださった時瀬こん様。何度死にかけたかわかりません。人は本当に尊死する生き物だと知ることができました。素敵なイラストを描いてくださり、ありがとうございます。初めてネットで絵を拝見したときから、描いてもらうのが夢でした。

最後に、読者のみなさま。本書で初めて作品に触れた方、連載当時より応援してくださった方、他の作品をきっかけに読んでくださった方――みなさま、ありがとうございます。いいえ……読者のみなさま！　よろしゅうございます！　よろしゅうございますよ！

田井ノエル

前世悪役だった令嬢が、引き籠りの調教を任されました

2020年1月29日初版発行

【著　　者】田井ノエル

【イラスト】時瀬こん
【編集】株式会社 桜雲社／新紀元社編集部
【デザイン・DTP】株式会社明昌堂

【発行者】田村 環
【発行所】株式会社新紀元社
〒101-0054　東京都千代田区神田錦町1-7　錦町一丁目ビル2F
TEL 03-3219-0921 ／ FAX 03-3219-0922
http://www.shinkigensha.co.jp/
郵便振替　00110-4-27618

【印刷・製本】株式会社リーブルテック

ISBN978-4-7753-1800-3

※本書は、「小説家になろう」（http://syosetu.com/）に掲載されていたものを、改稿のうえ書籍化したものです。